T0246932

Lo que el río lleva

Para Marc y Albert, para que naveguen
por la corriente con fuerza y confianza

Editorial Bambú
es un sello de Editorial Casals, SA

Casp, 79 – 08013 Barcelona
Tel.: 902 107 007
editorialbambu.com
bambulector.com

Ilustración de la portada: Ignasi Font
Diseño de la colección: Estudi Miquel Puig

Primera edición: febrero de 2021
ISBN: 978-84-8343-759-9
Depósito legal: B-311-2021
Printed in Spain
Impreso en Anzos, SL
Fuenlabrada (Madrid)

Lo que el río lleva

VÍCTOR PANICELLO

1. Arde el bosque

La luz de las primeras explosiones iluminó el bosque como si fuera pleno mediodía a pesar de que ya hacía mucho que había caído la noche. En un instante, un infierno anaranjado se abalanzó sobre una amplia franja de terreno, incinerando a su paso todo lo que encontraba y acabando, en apenas unas décimas de segundo, con árboles, plantas, insectos e incluso pájaros, que ni siquiera tuvieron tiempo de arrancar a volar y cayeron carbonizados en una macabra lluvia. Roedores, jabalíes y hasta un pequeño rebaño de ovejas que todavía no habían sido sacrificadas a pesar de la hambruna fueron reducidos a cenizas dada la potencia de los proyectiles que caían.

La onda expansiva que generaba cada impacto hacía temblar la tierra como si fuera un tambor golpeado por algún gigante rabioso. El sonido de cada deflagración llegaba con efecto retardado, como una macabra banda sonora de una película de terror. Producía un eco grave, profundo, como un grito arrancado de las entrañas de un mundo que había enloquecido.

Cientos de pinos fueron arrancados de cuajo y empezaron a prender con una furia devastadora. Aquel era un verano especialmente seco y caluroso, por lo que la madera ardía con mucha facilidad y rapidez. En apenas diez minutos, buena parte del bosque se había convertido en una hoguera que iluminaba la noche hasta entonces estrellada y ahora ahogada por el humo.

Parecía que nada podía sobrevivir a aquel diluvio de muerte.

El bombardeo había empezado de madrugada, cuando un rumor lejano se había abalanzado cada vez con más intensidad desde el este, desde un mar lejano para los habitantes de aquella zona pero muy cercano para los pilotos de los hidroaviones. Se trataba de H59 alemanes que recorrían el litoral de Barcelona impunemente, dejando caer su cargamento mortal sin más objetivo que aumentar el dolor de los civiles, víctimas de una guerra que la mayoría ni entendía ni apoyaba. Esos aviones chatos, conocidos por el sobrenombre de «zapatones» debido a sus grandes flotadores, tenían su base en Pollensa, en Mallorca, y atacaban el territorio enemigo por las noches, bombardeando poblaciones de forma indiscriminada. A veces se adentraban unos kilómetros en el interior y arrasaban una capital de comarca sin interés militar alguno, solo para aterrorizar a los que vivían en ese lado de la línea que dividía y enfrentaba a los unos contra los otros.

Esa noche, al parecer, habían decidido destruir algunas de las colonias textiles que poblaban el río Llobregat a lo largo de su recorrido. Se trataba de una operación de represalia ordenada por los mandos militares nacionales en respuesta al «bombardeo» de artículos textiles que la aviación republicana había dejado caer sobre algunas ciudades enemigas.

En la locura del momento, esa operación propagandística había sido muy celebrada, ya que se trataba de desmoralizar a la población del otro bando haciéndoles ver cuán sobrados estaban de todo tipo de provisiones. A los pocos días, aviones del bando nacional dejaban caer toneladas de panecillos sobre ciudades republicanas en una acción de respuesta que se repetiría varias veces a lo largo de la guerra y que llegó a conocerse como «el bombardeo del pan».

Sin embargo, la ofensa no quedó borrada con esa contrapropaganda, de manera que planearon una ofensiva contra las productivas colonias textiles que florecían junto al río. Además, corrían rumores de que algunas de ellas eran utilizadas como almacén de municiones.

Esa noche, una enorme carga de pólvora y metralla destruyó y dañó seriamente algunas de las construcciones industriales. En el camino de vuelta, algunos aviones dejaron caer las bombas sobrantes en las poblaciones cercanas a modo de advertencia.

Los que murieron aquella noche, quemados por las explosiones o aplastados por los edificios que cayeron como consecuencia, nunca llegaron a saber nada de todas aquellas maniobras absurdas. Nada sabrían tampoco de bombardeos en los que camisas y pantalones de lona caían del cielo en plena noche. Nada de panecillos que llovían sobre la población hambrienta y asustada que corría a esconderse al oír el rumor de los motores y que después también corría para cargar con cuanto pudiera para alimentar a sus familias.

Nada de lo sucedido esa noche pasaría a la historia. Solo era un bombardeo más, unas decenas de muertos más, un bosque quemado más...

Tampoco Rosalía sabía nada de todo eso cuando corría por la espesura para alejarse cuanto pudiera del fuego y de la muerte que caía del cielo. Aunque ya era noche cerrada y no había luna, ella había salido de casa sin llevar ni siquiera un candil y sin hacer el menor ruido. A pesar de que solo contaba con catorce años, conocía de memoria el recorrido, pues había crecido allí; había descubierto junto a sus amigos los caminos, los atajos e incluso los arbustos y los zarzales que a finales del verano proporcionaban moras dulces y jugosas.

Cuando las bombas empezaron a caer, el cielo pareció estallar en una macabra fiesta de fuegos artificiales. Era difícil no quedar hipnotizado por aquel espectáculo dantesco, pero ella siguió adelante con decisión. Caminaba con paso firme, tratando de no perder el rumbo a pesar del miedo que tenía; sabía que no disponía de tiempo para perderse y tener que volver atrás.

Un estruendo más fuerte que el resto la paralizó del todo, provocando que, por puro instinto, se agachara para protegerse. Sintió cómo se le tapaban los oídos y cómo su vestido de trabajo flotaba con la ráfaga de viento que la alcanzó. No era aire fresco como el de las noches primaverales, sino más bien como si el fétido y caliente aliento de una bestia descomunal recorriera la tierra que tanto amaba. Era producto de la muerte que recorría el bosque buscando seres vivos a los que quemar.

Aguantó el impulso de regresar a su casa. Ya la estarían buscando por todas partes, pero el bombardeo le proporcionaba una leve coartada. Podría explicar que había salido corriendo por miedo y que no se había atrevido a volver hasta que dejaran de caer las bombas.

No iba a costarle mucho decir que estaba aterrorizada porque en realidad lo estaba. Por las bombas y porque sabía que no debía recorrer el bosque de noche.

Todos lo sabían. Antes no era así, pero desde hacía poco más de un año, en cuanto oscurecía, las cosas cambiaban y resultaba muy peligroso. Se contaban historias de niños secuestrados y de mujeres muertas a manos de los desertores cuyos cuerpos jamás fueron hallados.

A pesar de ello, se puso en pie y continuó adelante, empujada por el amor, que la desbordaba y le infundía el valor que necesitaba para seguir.

Se están acercando, pensó enseguida, *he de darme prisa o acabaré muriendo en este bosque.*

Con cada paso que daba el corazón le latía con más fuerza. No era solo por el esfuerzo de avanzar rápidamente en pleno bosque. No era solo por el temor a que uno de los proyectiles la alcanzara.

Era sobre todo por el miedo a no acabar lo que había empezado.

En unos minutos, llegó al paraje más estrecho del camino, allí donde de pequeña jugaba al escondite con los niños que tenían a su disposición un patio de recreo tan grande como las montañas que alcanzaban hasta donde se perdía la vista. Penetró entre varios árboles tan retorcidos que sus copas se inclinaban en un ángulo imposible. Sus troncos resinosos sufrían a menudo el peso de los jóvenes, que se lanzaban a escalarlos para buscar piñones, para impresionar a las chicas o simplemente para competir entre ellos. A ella también le encantaba subirse y saltar desde muy alto, aunque ahora ya no podía hacerlo. Ahora ya nadie jugaba, ni en las montañas ni en ninguna parte.

Rosalía redujo el paso por instinto y trató de no hacer mucho ruido al pisar las ramas secas que cubrían el suelo. Respiraba por la boca mientras iba percibiendo varias cosas al mismo tiempo: las explosiones todavía sonaban fuertes, aunque más espaciadas y amortiguadas, los reflejos del fuego cercano no penetraban allí con tanta intensidad y resultaba más difícil distinguir lo que la rodeaba y... había algo en el aire, como una advertencia de que las cosas eran diferentes allí dentro.

Una presencia la acompañaba.

Una presencia que se aproximaba a ella.

El bosque, que siempre había sido su amigo, su lugar de refugio cuando sentía dolor o tristeza, su descanso solitario cuando no soportaba la opresión familiar..., ahora parecía haberse transformado en un enemigo más, en un encubridor de ese halo, de ese perseguidor omnipresente pero invisible que la acosaba sin dar la cara, que la hacía sentir todavía más asustada.

Las cosas antes no eran así, todo era luminoso y tranquilo, divertido y mágico. Incluso se contaban leyendas sobre unos seres ocultos que cuidaban de la vida en el bosque. Si eso era cierto, sin duda ahora habían desaparecido o se habían dejado arrastrar por la maldad y el odio imperantes y todo se había vuelto mucho más siniestro.

Los animales del bosque, enloquecidos por el pánico, se cruzaban en su camino, haciendo que su corazón diera un vuelco y latiese más rápido cada vez, hasta quedarse sin aire. Para colmo, no dejaba de intuir una amenaza acosadora que permanecía muy cerca, sin dejarse ver, pero sin alejarse mucho.

–¡¿Quién anda ahí?! –gritó cuando un crujido demasiado cercano le puso la piel de gallina.

Permaneció quieta, escuchando, pero las explosiones tapaban cualquier murmullo.

–¡¿Qué queréis?! ¡Yo no he hecho nada! ¡Dejadme en paz!

Corrió y tropezó, notó cómo la piel de su rodilla se rasgaba. Se levantó y siguió corriendo, pues sentía que no le quedaba mucho tiempo para acabar su misión. Una misión cargada de amor en un tiempo de rencores desencadenados.

Las piernas le dolían por las pequeñas heridas y por el esfuerzo. No era una chica especialmente fuerte, y aunque cumplía sin quejarse todas las tareas relacionadas con el terreno que su familia regentaba en las afueras del pueblo, siempre tenía la sensación de acabar el día agotada. Su madre le decía a menudo que tenía más cuerpo de señorita que de payesa.

No lo decía con cariño, rasgo típico de su madre, que siempre la había considerado una especie de mala noticia no esperada cuando ya había criado a tres hijos.

La luz y los estruendos sonaban ahora algo más apagados y espaciados, como si el bombardeo se alejara de ella. Eso era bueno y malo a la vez.

Bueno, porque la carga mortífera dejaría de amenazar su vida y la de todos sus vecinos. Malo, porque, si no estaba de regreso antes de que las cosas volvieran a la normalidad, tendría que dar muchas explicaciones que no quería ni podía dar, porque si lo hacía, si contaba la verdad, sería expulsada de su casa, de su familia y de su mundo. Condenada a una vida sin cobijo y sin raíces.

Aquellos eran tiempos de bandos irreconciliables.

Si no estabas con los tuyos, estabas contra ellos.

Ella también se veía a sí misma en parte como una traidora. Una renegada por amor, pero traidora al fin y al cabo. Traicionaba a su familia, a sus hermanos, que se encontraban luchando en algún lugar cercano al río Ebro, a sus vecinos y a todos los muertos que caían en los bombardeos como el de esa misma noche.

Pero no podía evitarlo, no podía ir contra lo que su corazón le dictaba.

Si tenía que morir allí, ya fuera por las bombas, por el fuego o incluso a manos de esa presencia maligna que la perseguía..., pues que así fuera. Pero antes debía acabar lo que había venido a hacer, era de vital importancia, porque no tendría otra oportunidad.

–¡No vais a impedirme que lo haga! –gritó de nuevo hacia la oscuridad que se iba cerrando conforme los bombarderos se alejaban y el fuego tomaba otra dirección.

Siguió caminando a paso rápido.

Intuyó el claro antes de verlo. Conocía ese tramo de memoria porque a menudo bajaban al río en verano en grupos separados de chicos y chicas para refrescarse en las aguas del pequeño afluente del Llobregat. Era un curso de agua muy irregular, a menudo casi seco y de tanto en tanto cargado de agua por las lluvias torrenciales típicas de la zona. Ese año el caudal se había mantenido bastante alto a pesar de ser ya pleno verano, pues la primavera había sido bastante lluviosa. Muy pocos conocían o utilizaban el nombre real de aquel pequeño torrente, ya que para todos era simplemente «las bañeras», por los espacios naturales que los recovecos de su curso habían creado a modo de diminutos lagos que les permitían refrescarse sin peligro de remolinos. Los lugares de baño más cercanos al camino eran los de los chicos, y más adelante se encontraban los de las chicas; quedaban lo suficientemente lejos unos de otros para permitir un chapuzón sin ofender las normas sociales imperantes en el ámbito rural en aquella década de los años treinta que tocaba a su fin.

Lo primero que llamó su atención fue el rugido que sintió al acercarse a la zona que llamaban «la bajada», que era un tramo del río con una pendiente muy pronunciada y donde el agua adquiría velocidad antes de desembocar en una pequeña cascada bajo la cual se había formado la «bañera mayor». Allí era donde acudían las familias en verano y donde los críos saltaban al agua haciendo la bomba o incluso de cabeza cuando había caudal suficiente.

Esa misma semana, habían caído varias violentas tormentas veraniegas y por eso el río bajaba cargado de agua rojiza, típica de las zonas arcillosas. Rosalía no se había acercado allí desde hacía unos cuantos días, cuando tuvo que acompañar a su madre a lavar algunas piezas de ropa recién teñidas que dejaron el agua azul en algunos trozos y más roja de lo habitual en otros. Entonces, el río ya mostraba un caudal más que respetable, pero después de los últimos aguaceros, había aumentado tanto que se precipitaba con fuerza hacia la cascada. El ruido así parecía indicarlo y, cuando se acercó lo suficiente, pudo comprobar que casi ni se veía el pequeño puente de troncos que los vecinos habían construido para poder atravesar la corriente. Era un paso rudimentario que a menudo desaparecía bajo el impulso de las riadas.

Se quedó unos instantes allí quieta, escuchando aquel bramido de la naturaleza que parecía querer rivalizar con los estampidos de la pólvora y la metralla. Aquel había sido un bombardeo de castigo y no de conquista, pues ya hacía bastante que todos daban por perdida la guerra y la escasa resistencia no necesitaba de tal despliegue.

Pero era privilegio de los vencedores ser piadosos o crueles.

Y aquella guerra entre hermanos, entre vecinos, entre amigos, era una guerra de venganza, de la peor clase que puede darse.

Sin previo aviso, una explosión la asustó tanto que volvió a agacharse, tratando de cubrir con su cuerpo el pequeño bulto que llevaba protegido entre sus brazos. Por lo visto, lo que ella había pensado que era el final solo era una pausa para dejar paso a una nueva andanada de la aviación. El rugido del río no le había permitido oír los motores de los aviones que efectuaban nuevas pasadas por toda la comarca.

La luminiscencia provocada por la detonación de las bombas hizo que entrecerrara los ojos. Según su padre, las nuevas bombas eran alemanas, mucho más potentes y mortíferas que las que dejaban caer al inicio de la guerra, cuando los nacionales apenas tenían armamento y lanzaban cualquier cosa, incluso, según contaban, a veces llegaron a bombardear con sandías solo para causar miedo en los batallones republicanos.

Ella no sabía si aquello era cierto, pero sí que no eran sandías lo que ahora lanzaban aquellos mensajeros de la muerte. El bombardeo se centraba en Monistrol, o eso parecía deducirse por el resplandor más intenso que se adivinaba hacia el este. Sin embargo, los pilotos no desperdiciaban la ocasión de tirar alguna bomba sobre los pueblos cercanos.

Cuando consiguió volver a ver algo, la luz todavía iluminaba el débil puente de troncos donde las turbulentas aguas se arremolinaban furiosas, tratando de arrancarlo, tal vez contagiadas por la violencia reinante. Se fijó en que debajo parecía haber algo enganchado, que pronto se soltó y bajó flotando a gran velocidad por los rápidos que se habían formado justo antes de la caída de agua que desembocaba en la bañera mayor. Cuando sus ojos se acostumbraron de nuevo a la oscuridad, reconoció el objeto que avanzaba deprisa, pues lo había visto muchas veces a lo largo de su vida.

Cada domingo desde que tenía memoria.

En la iglesia del pueblo vecino, adonde acudía con su madre.

Deslizándose por encima de las embravecidas aguas, flotaba río abajo la figura de un Cristo clavado en un crucifijo. Las turbulencias amenazaban su flotabilidad y de tanto en tanto se hundía engullido por la corriente. Sin embargo, siempre volvía a la superficie, como si de una auténtica resurrección se tratara.

Rosalía permaneció allí inmóvil, observando sin acabar de creerlo cómo la talla recorría los apenas doscientos metros que la separaban de la cascada bamboleándose con mucha dificultad debido a las olas que se formaban por la intensa corriente. El familiar rostro coronado de espinas parecía tratar de tomar algo de aire cada vez que regresaba a la superficie tras una corta inmersión. Los brazos en cruz lo mantenían a flote, aunque a menudo cedían ante el empuje de las aguas bravas.

Estaba segura de que era el Cristo de la parroquia de San Gabriel, pues tenía las manos teñidas de azul por culpa de una limpieza desafortunada que le habían hecho dos años atrás con un producto abrasivo. Era la figura ante la que ella rogaba los domingos con su madre y a la que también rezaba desde la distancia de su habitación. Aunque habían oído rumores de que al inicio de la guerra en algunos pueblos se habían quemado iglesias y destruido imágenes, allí no había llegado ese punto de destrucción... hasta ahora. Tal vez la perspectiva de una derrota inminente había desatado de nuevo el odio hacia todo lo que tuviera que ver con la Iglesia. Fuera como fuese, en aquel momento fue consciente de que ya no volvería a ir a rezar para pedirle que protegiera a su amado, que luchaba en el otro bando.

Ambos atrapados en bandos contrarios.

Solo ese Cristo podría ayudarlos a recuperar algún día el amor que habían dejado apenas iniciado.

–Te amo y te amaré siempre –le había dicho él justo unos días antes de desaparecer repentinamente con su familia.

–Si la guerra nos separa, yo te esperaré aunque pasen mil años –le respondió ella con los ojos bañados en lágrimas, como si ya presintiera lo que iba a ocurrir.

–Eso no pasará, nada podrá separarnos nunca.

–Pero si sucede, ¿volverás a por mí? –insistía Rosalía.

–Si algo nos separa, volveré a buscarte aunque tenga que cruzar el maldito país a pie.

–¡Júramelo!

–¡Lo juro ante el Cristo de San Gabriel!

Y ahora, la imagen ante la que se juraron amor eterno llegaba al final de la pendiente. Sus pies descalzos tallados en mármol quedaron atrapados momentáneamente entre unas piedras ocultas en el fondo, provocando que, por apenas unos segundos, el Cristo se alzara desde su cruz, levantándose en vertical y mirándola directamente a los ojos, casi como disculpándose por haber fallado en su labor de proteger ese amor.

Ella permaneció allí quieta, mirando cómo la figura se elevaba sobre las aguas para luego volver a hundirse hasta precipitarse por la cascada y desaparecer de su vista y de su vida. En aquel momento, Rosalía no supo si llorar o lanzarse también a las aguas para poner fin a su sufrimiento.

Un ruido en un arbusto cercano la devolvió a la realidad. No parecía provocado por algún animal espantadizo, sino más bien un crujido por una pisada cercana.

Era el sonido del mal.

¡Venían a por ella!

Instintivamente sacó la caja que mantenía oculta en su vestido. Era roja, aunque estaba algo descolorida por el uso cotidiano que le daban desde que había salido de una fábrica de galletas en Camprodón, hacía ya varios años. Su tío era viajante de tabaco e iba a menudo por aquellas tierras y siempre le traía galletas porque sabía que a ella le encantaban. Las cajas que las contenían eran de latón bastante basto, con dibujos pintados a mano que representaban paisajes marítimos o montañosos. A ella le gustaban más los de las escenas marinas, pues solo había estado en una ocasión cerca del mar y lo había encontrado fascinante con su movimiento continuo y su horizonte sin límites. Una vez consumidos los dulces, las cajas eran destinadas a otros usos domésticos, como guardar botones o lápices de colores. Desde hacía varias semanas, Rosalía las había ido recopilando secretamente de todos los rincones de la casa, pues resultaban imprescindibles para llevar a cabo su plan.

El sonido se repitió y de nuevo quedó paralizada por el miedo y por la sensación de fracaso.

Sus dedos acariciaron la tapa rugosa de la caja. No necesitaba ver el grabado para saber que representaba una costa de rocas abruptas donde el mar se estrellaba una y otra vez, en una batalla que se remontaba hasta perderse en el tiempo y que seguiría librándose cuando nadie estuviera ya allí para verla.

Esa caja representaba ahora su anclaje a este mundo, su objetivo, su baluarte contra todos aquellos que querían evitar que su amor triunfara... ¡Y eran tantos y tan fuertes...!

Se agachó lentamente y buscó a tientas la piedra más grande que pudiera. Era una defensa poco efectiva, pero la ayudaría a encontrar de nuevo el coraje. Rasgó con sus cortas uñas de trabajadora el suelo duro pero quebradizo hasta que consiguió extraer una roca algo mayor que su propia mano. Sin pensárselo dos veces, la lanzó hacia los arbustos al tiempo que gritaba con todas sus fuerzas:

–¡Marchaos! ¡Marchaos y dejadme en paz! ¡Yo no soy vuestra enemiga!

Algo sonó a su izquierda, era evidente que trataban de intimidarla.

–¡No voy a irme! –gritó intentando que su voz dejara de temblar.

De nuevo una explosión cercana paralizó cualquier otra cosa.

Cuando pasó su terrible efecto, Rosalía volvió a ponerse en pie y gritó de nuevo:

–¡No voy a marcharme hasta que haga lo que he venido a hacer!

Esta vez nada se movió, ni en el arbusto, ni en ninguna otra parte. Ningún crujido, ningún siseo... Tal vez hubieran huido por la explosión.

Decidió aprovechar el momento, así que se dirigió hacia el puente con la intención de cruzarlo, pero cuando apenas le faltaban un par de metros vio cómo la fuerte corriente arrancaba el primero de los troncos y poco después el segundo. Dudó sobre si intentar correr y saltar hasta donde todavía quedaban algunos travesaños. Tomó impulso, pero algo en su interior la detuvo justo cuando apenas le quedaban dos pasos para lanzarse... Tal vez fuera su amado, que velaba por ella, pensó.

O el Cristo de San Gabriel.

Frenó ya muy cerca del río, hasta el punto de que algunas gotas le mojaron los zapatos de trabajo. No tuvo tiempo ni de volver a pensárselo, ya que, con un crujido mucho más fuerte que los anteriores, el resto de los troncos se partieron por la mitad, todos a la vez, como si un hacha descomunal hubiera descargado un gran golpe justo en el punto más débil. Las aguas apenas tardaron un par de segundos en engullirlo todo y ella fue consciente de que si no hubiera frenado por ese instinto que sintió, ahora estaría siguiendo el mismo camino que la santa figura.

Reculó hasta una enorme roca que había sido depositada allí cientos de años atrás, cuando aquel río arrastraba un gran caudal, y trató de serenarse.

No podía seguir y, además, los bombarderos parecían alejarse de nuevo, esta vez definitivamente. Tenía que volver o su familia pensaría que había sido alcanzada por alguna explosión. Organizarían una partida de vecinos para buscarla y ella no tendría escapatoria. Si su padre averiguaba el verdadero motivo por el que se había escapado al bosque en plena noche, la encerraría en algún lugar tan remoto que jamás podría regresar.

Y cuando él volviera, no la encontraría.

Se agachó y empezó a excavar. Primero con las manos, hasta que ya no pudo profundizar más sin riesgo de rasgarse la piel. Buscó a tientas una rama sólida y siguió golpeando la tierra, cada vez un poco más hondo.

Golpeaba y recogía, golpeaba y recogía.

Centímetro a centímetro.

El crujido volvió a sonar cercano y una rama pareció quebrarse bajo algo pesado, dejando caer algunas piñas.

No podía seguir allí.

Comprobó que la caja cabía sobradamente en el agujero, la besó con suavidad y dulzura y la depositó en el fondo, tras lo cual empezó a cubrirla con la tierra que acababa de sacar. Las rocas y el mar seguirían combatiendo allí abajo hasta que llegara el momento de volver a ver la luz del día.

Poniéndose en pie, aplastó la superficie saltando sobre ella y luego cubrió el espacio con pinaza y hojas secas. Sacó de un bolsillo un pequeño cuchillo que utilizaban para cortar patatas y se puso a arañar la roca cercana trabajosamente. Era piedra maciza y no resultaba fácil hacerle muesca alguna.

Cuando estuvo satisfecha con la marca que había dejado, repasó el lugar y dio media vuelta, adentrándose en el espeso bosque por el que había venido. Antes de ser engullida de nuevo por la vegetación y la oscuridad, se detuvo y volvió la vista atrás para echar una última ojeada al lugar.

El río seguía bramando enloquecido.

Pensó en el Cristo puesto en pie, mirándola fijamente.

Tal vez tratara de avisarla.

Sin hacer caso a los sonidos amenazantes que parecían acercarse cada vez más, se volvió y echó a correr con todas sus fuerzas.

Pasados unos segundos, una figura delgada y pequeña salió de detrás de un árbol grueso y con pasos cautelosos se aproximó al río.

Se detuvo justo enfrente de la roca marcada.

2. Un pueblo de zombis

—¿Todo bien, Dima?

La misma pregunta desde que hemos salido de casa... De hecho, la misma pregunta de los últimos meses. En cuanto paso diez minutos en silencio, alguno de los dos, normalmente mamá, me pregunta eso.

Y mi respuesta siempre es la misma.

–Sí.

Ella siempre espera algo más. Le encantaría que yo me mostrase más comunicativo –esa es la palabra que utiliza– y le contara «cosas». Por lo visto, le da lo mismo las que sean con tal de que me pase el rato hablando. Tal vez cada mañana debería confesarle lo solo que me siento o lo poco que me apetece ir al instituto a acabar unos estudios que apenas consigo sacar adelante. Tal vez debería comentarle que a veces me planteo volver a mi patria para tratar de saber por qué mi madre biológica me abandonó en aquel orfanato de San Petersburgo del que ellos me rescataron con apenas cuatro años...

–Enseguida llegamos, cariño.

Tal vez también debería contarle que no tengo ningunas ganas de pasarme las próximas dos semanas en ese pueblo perdido solo porque ahora ya no queda nadie en esa casa vieja y húmeda donde vivían la abuela Luisa y el abuelo Pablo. Bueno, el abuelo no sé si podría decirse que realmente vivía desde que pilló el alzhéimer... Más bien era como un zombi que iba y venía y decía cosas sin sentido a cualquiera que pasara por allí cerca.

–Diez minutos –anuncia papá.

¡Como si son diez mil! No sé a qué viene obligarme a pasar aquí buena parte del verano. Ya antes era un rollo tener que venir aquí unos días todos los años cuando los abuelos vivían –o vegetaban, en el caso del abuelo–, pero por lo menos, cuando la abuela estaba viva, hacía esos macarrones con pollo que siempre me han encantado, me pedía ayuda con sus cosas o que la acompañara a comprar. No es que fuera muy divertido, pero a mí no me importaba porque me caía bien. Además, mientras el abuelo vivió, aunque normalmente estaba cansada por andar tras él todo el día, siempre encontraba un momento para estar por mí, para sonreírme o venir a ver mis dibujos. No los criticaba, solamente los estudiaba con atención y me daba su opinión sincera.

Parece mentira que ya lleve cinco meses muerta. Supongo que quedó tan agotada de cuidar al abuelo que, cuando él falleció el otoño pasado, simplemente se dejó llevar, dejó de luchar.

–Lo cuido con todo el amor que me queda dentro. Ha sido lo más importante de mi vida, así que no me cuesta dedicarme a él ahora que vive perdido en un mundo oscuro y lejano. Después de ser mi luz durante tantos años, ahora debo ser yo la que guíe sus pasos.

Siempre respondía cosas así cuando mis padres insistían en que se vinieran a vivir a Barcelona. Creo que ella entendía perfectamente que lo que le estaban aconsejando era que metiera al abuelo en una residencia y que lo fuera a visitar una vez al día... o a la semana.

–Aquí hemos nacido y aquí moriremos. Además, yo no necesito descansar.

Esa era siempre su respuesta cuando le decían que no tenía edad ni energías para hacerse cargo de alguien que era poco más que un caparazón, un mejillón vacío, un muerto viviente.

Pero no era cierto, en realidad sí que necesitaba un respiro, aunque cuando él murió ya era demasiado tarde. Enfermó a las pocas semanas y aguantó solo unos meses.

Ahora sí que descansa por fin.

–¡Ya se ve el río! –anuncia mamá como cada vez que venimos.

Por lo visto, cuando ella se marchó a estudiar a la universidad y regresaba cada fin de semana, jugaban a ver quién era el primero que distinguía esas sucias aguas que llaman «río».

Me imagino a mi madre siendo muy joven y mirando por la ventana con ganas de ser ella la primera en verlo y poder gritar: «¡Lo veo, lo veo!». Me imagino a la abuela sonriendo en el asiento delantero, satisfecha de haber dejado ganar a su hija una vez más, contenta de tenerla de nuevo en casa aunque solo sea por un fin de semana.

No me imagino al abuelo jugando a nada.

No lo recuerdo sin el alzhéimer. No consigo tener una imagen de su cara sin esa expresión vacía que tanto lo caracterizaba. No le diagnosticaron la enfermedad hasta que yo ya tenía ocho años, pero mis recuerdos no alcanzan tan atrás. Lo máximo que he conseguido retener son imágenes de su cara confusa preguntándome si podía acompañarlo a casa porque se había perdido o pidiéndome ayuda porque no sabía cómo abrir un bote de cereales o cómo regar con la manguera. También recuerdo que, muy a menudo, sobre todo en los últimos meses, canturreaba una canción de manera obsesiva.

Una y otra vez.

Una y otra vez.

La abuela decía que era un tema antiguo, de cuando él era un chico de mi edad, pero que no sabía la razón para que la repitiera de esa forma.

–El médico dice que la enfermedad es caprichosa con los recuerdos que borra. Empieza por los más nuevos y retrocede, hasta que lo elimina todo..., aunque a veces deja pequeñas cosas sin tocar.

–¿Como canciones?

–Sí, especialmente de esas que uno no olvida nunca por alguna razón especial. Sin embargo, yo no sé qué canción es esa ni lo que significa para tu abuelo.

Recuerdo a mis amigos, los pocos que he tenido aquí, riéndose de él cuando lo devolvían a casa porque alguien lo encontraba en medio del bosque o a la salida del pueblo, andando sin saber adónde iba.

Recuerdo haberlo odiado por eso y por cómo se desgastaba la abuela año tras año, verano tras verano.

Hasta que le chupó toda la energía que le quedaba.

Como un auténtico zombi.

–Bueno, pues aquí estamos. ¿Listos para pasar un verano estupendo?

Supongo que mamá no esperará que responda esa pregunta en serio. Con mis dieciséis años, se me ocurren muchas otras maneras de pasar un «verano estupendo».

–Venga, Dima, lo primero es descargar –me dice mi padre, que no descansará hasta ver el coche vacío.

Mi nombre real es Dimitri, así constaba en el orfanato, y ellos decidieron mantenérmelo, aunque todo el mundo utiliza el diminutivo. Cuando era pequeño, en el colegio algunos me llamaban Quima, otros, Tima, y los más originales, Lima-limón.

–Yo voy a ir abriendo las ventanas para que se ventile todo –interviene mamá.

La casa lleva meses cerrada, pero lo cierto es que siempre ha olido a humedad. Es una casa sin nada especial, de tres pisos, aunque por fuera parece más grande de lo que es. En la planta baja está el comedor, la cocina y una sala que era para coser y que acabó siendo la habitación del abuelo en los últimos años porque no sabía ni cómo subir una escalera. También hay una especie de almacén con una puerta directa a la calle de atrás que está casi vacío, salvo por un par de estanterías con herramientas oxidadas. En la primera planta hay tres habitaciones: la de los abuelos, que solo ocupaba la abuela y que ahora veremos quién se la queda, la de mis padres y una muy pequeña que es donde duermo yo. Tiene una ventana diminuta que da a la casa de al lado y lo único bueno es que desde allí a veces puedo ver a Sofía, la hija de nuestro vecino, con quien siempre me he llevado bien. Mejor que con el estúpido de su hermano, un chico de mi edad con el que mis padres se empeñaban en que jugara cuando veníamos. Finalmente, en la planta superior hay un gran espacio lleno de muebles y todo tipo de trastos. Hay tantas cosas allí que no sirve para nada.

Vamos haciendo viajes con maletas, bolsas, más bolsas y paquetes de todo tipo. Mamá ha cargado tanta comida de casa que seguramente no tendremos que ir al súper del pueblo en todos los días que pasemos aquí. Ella dice que no se fía de los tenderos, que siempre han sido unos tramposos. Lo dice como si hubiera vivido aquí toda la vida, cuando lo cierto es que se fue a la universidad con dieciocho y ya solo volvió de visita.

Con cada viaje que doy me paro un instante a contemplar la fachada de nuestra casa.

–¿Por qué es tan fea esta casa? –suelto por fin.

–No digas eso... –me responde papá solo por llevarme la contraria.

No le gusta que revele claramente lo que pienso.

–Es muy fea –insisto.

Él se detiene un momento, cargado con una caja de verduras que hemos comprado en el súper de al lado de casa. No deja de tener cierta gracia que compremos hortalizas en la ciudad para venir a pasar unos días en el campo, donde son frescas de verdad.

–Bueno... –dice una vez que se ha parado un momento a observarla–. Cuando la hicieron, lo importante era que conservara el calor en invierno y fuera fresca en verano. Por eso las paredes son muy gruesas, y si te fijas verás que las ventanas están orientadas de manera que...

Intuyo que me va a soltar un discurso sobre arquitectura, y eso que él se dedica a la compraventa de coches de segunda mano.

–Es realmente fea –lo corto.

Me mira con esa expresión de confusión que últimamente utiliza a menudo cuando habla conmigo, como si no entendiera de dónde he salido.

A veces yo tampoco lo sé muy bien.

Una vez instalados, mamá se lanza a deshacer maletas, colocar las cosas y limpiar la casa, y papá, a reparar una ventana y a ordenar el almacén, porque ha venido con la idea de acabar metiendo el coche dentro. Podría dejarlo delante de casa tranquilamente, pero es de los que prefieren tenerlo siempre cerca.

–¡Voy a dar una vuelta! –grito desde el minúsculo vestíbulo de la entrada.

–¡Vale, Dima! –responde mamá desde algún lugar remoto de la primera planta–. ¡Si quieres puedes ir a ver si está Carlos!

Carlos es el vecino idiota con quien se empeñan que me entienda. Bueno, tal vez pase a verlo... y a su hermana Sofía. Hace meses que no la veo, desde el entierro de la abuela, y la verdad es que entonces la encontré bastante cambiada.

Salgo de casa y, ya en la carretera, estoy a punto de ser atropellado por una moto que conduce un señor de no menos de ciento treinta años. No lleva casco, va muy deprisa y ni siquiera me ha visto. Tendré que ir con cuidado y acostumbrarme a mirar a ambos lados en cuanto abra la puerta, ya que la casa está situada en primera línea –de hecho, el pueblo solo tiene tres líneas– y la acera no mide más de un metro. Si sales corriendo, atraviesas la carretera sin darte ni cuenta. Cuando era pequeño no me dejaban salir solo y siempre tenía que dar la mano a un adulto para poder ir a la calle.

Ahora los adultos ya no me dan la mano para nada.

Cruzo y me paro a observar el caudal del río sin nombre... Un día la abuela me dijo que en realidad sí tenía nombre, pero nadie de allí lo utiliza. Da algo de pena verlo con tan poca agua, dejando al descubierto unos márgenes sucios y llenos de basura de todo tipo.

Es deprimente y eso me gusta.

Saco la libreta de dibujo de la que nunca me separo y trazo un par de esbozos del paisaje. Creo que puede servirme para ambientar alguna escena del cómic de zombis que estoy planeando escribir este verano.

Sé que aquí voy a aburrirme mucho, así que tendré tiempo de trabajar en lo que me gusta. Historias de muertos vivientes, de seres que comen carne cruda, beben sangre y viven en lugares como este, llenos de basura y residuos en descomposición.

Es mi estilo.

Algo más abajo, siguiendo el curso de lo que en el pasado fue un río, se ve la estructura de la colonia textil, que un día fui a visitar con la abuela. Me contó que en la guerra la bombardearon varias veces, pero que después la reconstruyeron y que allí llegaron a vivir muchas familias. Era como un pequeño pueblo muy cerca de este otro pequeño pueblo. Ahora organizan visitas para los turistas, pero todo está medio destruido y abandonado desde hace muchos años.

Voy a ir allí en cuanto pueda, pues me parece un escenario perfecto para la guarida de los zombis que evitan la luz. Allí se reúnen cuando amanece y permanecen en estado vegetativo hasta que cae la noche.

Entonces salen a cazar.

A cazar a los vivos.

–¡Hey, Dima!

Carlos aparece acompañado de una chica que, solo cuando ya está muy cerca, me doy cuenta de que es Sofía.

¡Cómo ha cambiado en estos meses!

–Hola, tío, tu madre me ha dicho que acabáis de llegar.

Le contestaría que eso es algo obvio, pero mi atención se desvía hacia Sofía.

–Hola, Dima.

Una sonrisa como esa, ¿de dónde ha salido?

–Hola –respondo tratando de que no se me note mucho la confusión que siento.

–¿Vais a quedaros todo el mes?

–Eh... Sí, supongo... No sé.

Carlos se interpone entre ella y yo.

–Vale, tío, pues entonces te vendrás con nosotros a pescar mañana.

No es una pregunta.

–No sé pescar.

–Yo te consigo una caña –responde como si no me hubiera oído.

–Creo que mi abuelo tiene una en el trastero, aunque no sé dónde anda. Lo que digo es que no tengo ni idea de pescar.

–Bueno, pues ya aprenderás. Pasamos a buscarte por la mañana.

Sofía me mira con esos ojos marrones que ya no son los de la niña flacucha con la que a veces jugaba en la calle cuando veníamos aquí. Su mirada es diferente, su cara es diferente... Bueno, a la vista está que *ella es diferente*. Sus catorce años parecen haber explotado de repente.

–¿Tú pescas? –le pregunto casi sin darme cuenta.

Ella medio sonríe mientras me observa de arriba abajo, igual que yo lo he hecho con ella. Creo que se ha sonrojado.

–¿Todavía dibujas? –me pregunta sin hacer caso a lo de la pesca.

–Sí, cómics.

–Vale, pues tú me enseñas tus dibujos y yo te enseño a pescar.

–Bueno.

–Mañana hablamos más, ahora tenemos que irnos.

El encuentro me ha dejado algo descolocado, así que sigo caminando por este pueblo, que siempre me parece como a punto de desaparecer. La gente que veo por la calle son viejos o a punto de serlo..., y eso que estamos en pleno verano y se supone que es cuando esto se anima.

Cuando la abuela vivía, aguantábamos aquí como máximo una semana. Después, íbamos siempre a la playa, donde mamá se pasaba el día en la arena, tostándose y sin hacer mucho más. Papá salía en bicicleta todas las mañanas muy temprano, tal vez para compensar que el resto del año apenas pisaba el gimnasio. Yo... odio la playa, las pelotas y las palas, pero por lo menos allí puedo salir de pesca con los amigos de papá, que tienen un barco bastante grande.

A las cinco de la mañana navegamos mar adentro, hasta que no se ve nada alrededor que no sea agua. Tengo varios dibujos que tratan de mostrar esa sensación increíble de soledad que a veces incluso da miedo. Allí pescamos durante toda la mañana y regresamos a media tarde.

Sí, sé pescar. De hecho, se me da bastante bien, o eso creo.

También se me da bien dibujar.

No hago bien prácticamente nada más. No me gusta estudiar, no le veo sentido a tratar de entender cosas que no van a servirme para nada en la vida. Yo voy a dedicarme a los cómics o tal vez a crear *storyboards* para películas de terror o videojuegos. ¿Para qué quiero saber quién era Jorge Manrique o cómo se despeja una maldita *x* en una ecuación? ¿A quién le importa la *x*, la *y* o todas las demás malditas letras del abecedario? Y todavía peor: ¿qué hacen las letras mezclándose con los números? Un día se lo pregunté en voz alta a la profe de mates y me echó.

Lo que yo sé hacer es mirar las cosas y a las personas y traducirlas mentalmente a un idioma que solo algunos conocemos. Un código que viene de muy antiguo, en el que las palabras son rayas, sombras, trazos, expresiones. Un idioma que todos saben leer pero que no todos saben escribir.

Yo dibujo, así hablo del mundo.

Y tengo mi propio estilo.

No hago dibujo artístico, no retrato la realidad. La deformo, la enseño tan cruda como la veo, tan fea, tan negra, tan real.

Recuerdo que un día me dio por retratar al abuelo, que se había quedado sentado mirando la pared con la vista perdida y una expresión vacía en la cara que nunca había visto en una persona. Yo no pude evitar coger rápidamente un lápiz y un trozo de papel para intentar plasmar ese gesto antes de que desapareciera.

Empecé por el rostro, primero por la nariz, como hago siempre, después uno de los ojos, tratando de captar esa sensación de vacío, después el gesto caído, a partir de los hombros, sin fuerza, sin vida. Lo hice tan rápido como pude, sin pensar, sin planearlo. Cuando ya terminaba, la abuela apareció en el comedor y quiso ver mi dibujo.

Recuerdo cómo cambió su cara al verlo.

Recuerdo cómo sus ojos enrojecieron y una lágrima solitaria logró saltar la barrera y caer al vacío.

Creo que era la primera vez que ella veía al abuelo como realmente estaba.

–El dibujo es... es muy bueno –me dijo tratando de contener sus emociones–. Y también muy crudo, sí, mucho.

–Yo..., yo..., lo siento, abuela. No quería...

Ella forzó una sonrisa mientras me lo devolvía.

–¡Oh, no! ¡No te disculpes, cariño! ¡Nunca te disculpes por ser honesto! Es solo que, bueno, tal vez sea demasiado honesto para mí.

En aquel momento supe que dedicaría mi vida a reflejar esa verdad que a veces nos negamos a ver.

Cuando ella se marchó, me quedé mucho rato mirando aquel dibujo. Había retratado al abuelo como si fuera un zombi, con la mirada vacía que él tenía entonces, perdido en algún remoto lugar de aquella pared de la que era su propia casa. Realmente, había reflejado aquello que los demás trataban de ocultar, por miedo, por vergüenza o porque no querían contemplar así al que había sido su marido o su padre.

No llegué a enseñarle ese dibujo a mamá.

La abuela vino poco después a pedirme que se lo regalara y ya nunca más lo he vuelto a ver.

Regreso a casa después de recorrer casi todo el pueblo de Viladoms, cosa que me ha llevado menos de veinte minutos, y encuentro a mis padres revolviendo la casa como si fuéramos a instalarnos para pasar allí los próximos diez años. Dudo sobre si volver a salir, pero al final me hago notar lo suficiente como para que me encarguen varias tareas que me mantienen ocupado hasta la cena.

Aquí la vida se apaga con el sol. El silencio cae de repente, como si estuviera esperando a que la luz desapareciera para abalanzarse sobre sitios como estos y hacerlos suyos por unas cuantas horas. Solo los grillos desafían su poder absoluto.

Si mis zombis pudieran vivir en un sitio así, creo que acabarían muertos de verdad, pero de puro aburrimiento.

–¿Qué vas a hacer mañana? –pregunta papá para romper el silencio en la mesa.

–Iré con Carlos a pescar.

–¿Y con... Sofía? –Mamá y sus pausas son tan evidentes que casi ya ni me irritan.

Casi.

–¿Quién es Sofía? –le respondo por molestar.

–¿Cómo? –Me mira sorprendida–. Sofía es la hermana de...

–Te está tomando el pelo –la corta papá–. Creo que ya sabe quién es Sofía, y por lo que he visto de ella, seguro que no dejará de estar muy atento a ella.

–Tiene novio –digo para tratar de acabar con esa conversación–. Es el más chulo del pueblo, es mucho mayor que ella y ha estado unos meses en un reformatorio, así que...

Nunca he entendido cómo es que a los adultos les gusta tanto meterse en esa estúpida actividad de ver si consiguen emparejar a sus hijos con quien sea.

–¿Cómo...? –interviene mamá asustada–. Pues será mejor que no te acerques a ella.

–Te está tomando el pelo otra vez.

Ella me mira como si no acabara de entender la broma.

–En cualquier caso, no me acaba de gustar esa familia –concluye.

Es curioso cómo los Torres han pasado de ser buenos vecinos a sospechosos de pertenecer al crimen organizado solo por mi comentario.

–¿Has traído la caña? –pregunta papá por cambiar de tema antes de que demos un chivatazo a la policía.

–No.

–Te dije que la cogieras, que aquí podrías ir al río.

Me encojo de hombros.

–Ya me dejarán una.

–Esa no es la cuestión –insiste.

A mi padre a veces le gusta engancharse en las discusiones. Sobre todo si cree que tiene razón, cosa que ocurre el noventa y cinco por ciento de las veces.

En esta ocasión también.

–La cuestión es que nunca escuchas lo que te digo. Peor aún, lo escuchas pero decides que no te interesa, con esa actitud tan tuya de...

Imita mi encogimiento habitual de hombros.

Lo hace bastante bien.

–Papá tiene razón... –interviene mamá apoyándolo.

¡Menuda novedad!

En los siguientes diez minutos la cosa sigue por caminos que ya hemos recorrido muchas veces. Ninguno de ellos parece recordar que, de todas maneras, mañana iré a pescar con una caña que alguien me dejará.

¡¿Dónde está el problema?!

Llega la hora de dormir después de ver un rato la tele, eso no se perdona ni en verano. Yo he sacado los esbozos que he hecho del río abandonado y sucio y los he pasado al cuaderno en el que guardo ideas que después utilizo en mis historias. Mientras lo hago, siento una vez más esa sensación de *aceleración* recorrerme el cerebro. No sé describirla de otra manera, pero no es un mal nombre.

–Es el inicio del proceso creativo –me dijo una vez un profesor de una escuela de dibujo a la que mis padres me apuntaron hace dos años, después de insistir mucho.

–Noto como si todo fuera más rápido aquí dentro –le explicaba a Ricardo, el profe de creatividad, mientras señalaba mi cabeza–. Como si las imágenes brotaran solas de una especie de manantial desbordado, como si mis pensamientos se aceleraran para captarlo todo.

Pues eso me empieza a ocurrir cuando contemplo el dibujo que ya he pasado al cuaderno. Los primeros personajes de una historia que sucede entre un río abandonado y una fábrica en ruinas asoman ya su cara, saludándome, reclamando que les preste atención.

Tal vez, al final el verano no sea tan desastroso si soy capaz de despertar a mi imaginación de nuevo y ponerla a trabajar. Después de todo, este no es un mal lugar para las historias extrañas, por lo menos así lo creía la abuela.

Algunas veces, cuando la acompañaba por el pueblo para comprar cuatro cosas, me contaba historias de personas que desaparecían en el bosque.

–Cuéntame cosas sobre los que jamás regresaron.

La abuela sabía que esas historias sobre desapariciones sin explicación me encantaban, así que se recreaba en ellas. También me contaba algunas cosas sobre la guerra, que ella vivió indirectamente siendo bastante niña, aunque solo si yo insistía y nunca delante del abuelo.

Decía que aquello lo perturbaba mucho.

–¡Pero si no se entera! –le repliqué una vez un poco harto de tantas precauciones delante de alguien que ni siquiera reconocía a su propia hija.

–Él nunca quiso que se hablara de la guerra en esta casa, y eso vamos a respetarlo.

El sonido de los grillos no afloja, aunque pronto lo acompañan los cantos de unas cuantas ranas que deben arrastrarse por el lodo verde de lo que queda de río.

«Cuando la rana canta, la lluvia viene», decía a menudo la abuela. Tal vez mañana caiga una tormenta y me libre de la pesca. No es que me apetezca demasiado acompañar a Carlos y a sus amigos futboleros para discutir sobre la próxima liga, pero hay otros alicientes.

El sueño me vence, lo noto.

Tú me enseñas tus dibujos y yo te enseño a pescar.

A ver si tengo suerte y las ranas se equivocan esta vez.

Curiosamente, me duermo pensando en otros ojos que no son los de Sofía.

Son los de Marta.

3. Bajo el suelo

—Tú ya sabías pescar.

–Bueno..., un poco.

–Eres tonto.

Hasta que Sofía me ha dicho eso, la mañana transcurría más o menos bien. Carlos ha aparecido por casa a eso de las diez y hemos salido a tratar de pescar algo, cosa difícil porque todo el mundo sabe que es mejor ir a primera hora o al atardecer, pero en fin. Hemos pasado por su casa, donde se nos han unido dos chicos más, a quienes conozco de otros veranos, y Sofía, que me había preparado una caña bastante mala, de principiante.

Naturalmente, yo no lo he dicho nada de mis habilidades, pues estaba deseando que me ella enseñara.

Lo curioso es que ver a Sofía me ha hecho pensar en Marta y me he pasado la noche soñando con ella. Lo dejamos hace ya más de tres meses y desde entonces la recuerdo a menudo. O mejor dicho, pienso en mi incapacidad para tomarme en serio las relaciones.

–No te comprometes –me dijo poco antes de pedirme que lo dejáramos.

Eso era cierto, pero es que no creo que salir juntos a nuestra edad implique nada más.

–No me quieres como yo a ti.

Seguramente tuviera razón.

Sin embargo, no sé por qué motivo no puedo dejar de pensar en ella. Me gustaba bastante, aunque en realidad no sé qué quería de mí.

Hemos llegado al lugar donde todo el pueblo va a bañarse, y ya está lleno de familias ruidosas y de niños saltando desde las rocas a la bañera mayor, como todo el mundo la llama aquí. El agua está bastante baja, pero el sitio es profundo, así que no hay peligro. Nosotros hemos subido río arriba, en fila y hablando de fútbol.

–Lo de Cristiano es una pasada, salta más que nadie en el área –expone con vehemencia un chico que se llama Raúl y cuyos padres son dueños de la panadería.

–Pero ese solo tiene unas piernas fuertes. No hay nadie que juegue como Messi –le responde Alberto, el hijo del mecánico.

–Pues vaya dos, tampoco hay que ser muy listo para jugar al fútbol –interviene Carlos con desprecio.

A lo mejor él cree que su cerebro funciona mejor que el de esos futbolistas capaces de pensar y actuar en apenas una décima de segundo. Carlos es hijo del farmacéutico y creo que no ha aprobado una sola asignatura desde que abrieron el colegio en Monistrol.

La discusión sigue hasta que llegamos a otra de las bañeras más pequeñas, donde deciden probar suerte.

Con este calor y todos apiñados aquí, no hay ninguna posibilidad de que pesquemos nada. Sofía parece pensar lo mismo, así que propone que nos dividamos. Carlos saca unos cigarrillos y decide sentarse allí y no moverse. Los demás no fuman, pero también se quedan.

Así que me voy con Sofía río arriba. Cuando ya nos hemos alejado un poco, oigo que Carlos nos grita:

–¡Eh, Sofía! ¡Trata de pescar algo que no sean plantas, ¿vale?!

Risotadas.

–¡Eres idiota! –responde ella.

Un buen tramo más arriba probamos suerte. Ella se pasa diez minutos explicándome cómo poner el pequeño cebo de gusano que trae en una cajita, cómo lanzar el hilo y cómo poner el dedo en la caña para notar si pican los peces.

Todo esto lo hace con naturalidad, como si ya lo hubiera explicado otras muchas veces a pescadores novatos como yo.

–Ahora solo debes tener paciencia. Las cosas que valen la pena merecen la espera.

Ella me habla de pesca, pero me insinúa conceptos que no son para nada de esa actividad. Este tipo de lenguaje creo que solo saben utilizarlo las chicas, Marta también lo hacía.

–Todo depende de la atención que le pongas y de las ganas que tengas de atrapar lo que persigues –insiste.

A mí no me van mucho estos jeroglíficos, así que me limito a mirarla y a no decir nada. La observo y me sorprendo de los cambios que han tenido lugar en solo unos pocos meses. El verano pasado era una niña simpática con la que a veces hablaba cuando esperaba a Carlos o cuando la veía por la calle, siempre con vaqueros cortados por la rodilla y camisetas holgadas o algún vestido veraniego.

Y ahora... la contemplo con disimulo mientras ella permanece con la vista fija en el agua. Estoy seguro de que sabe que la estoy observando porque mueve su melena castaña, recogiéndosela nerviosamente tras una oreja. Sin embargo, no dice nada, como si en realidad no se diera cuenta. Tiene una nariz pequeña sobre la cual sus ojos entre verdes y marrones reflejan la luz del verano.

Lleva unos pantalones rojos cortos y una camiseta de tirantes que deja sus hombros morenos al descubierto. Lleva sandalias de piel, muy poco apropiadas para ir de pesca, aunque parece que esto no va muy en serio y es solo una actividad estival.

Sin embargo, al poco de estar allí, y para mi propia sorpresa, algo tira del hilo en mi vieja caña. Sin darme ni cuenta y por puro reflejo, realizo rápidamente y con precisión los movimientos que he aprendido en las jornadas en el mar. Tiro, recojo, tiro, recojo y... ¡aquí tenemos al pescadito!

Me doy cuenta enseguida de mi error al ver la expresión con la que Sofía me mira. Ha descubierto que yo domino esto y cree que le he estado tomando el pelo.

–Eres tonto.

Y se ha ido.

La observo alejarse hasta que su pantalón es apenas una pequeña mancha roja que se mete en el bosque.

Devuelvo al pobre pez al agua y empiezo a recogerlo todo para emprender la vuelta, pero en el último momento me lo pienso mejor y decido ir a explorar un poco por mi cuenta.

Me adentro en el bosque, caminando sin prisa entre arbustos bajos y zarzales en los que más adelante madurarán sus moras rojas y negras. Cojo una diminuta y me la meto en la boca, pero la escupo enseguida porque está muy amarga, le falta mucho para ser comestible. Seguramente por aquí haya otros muchos frutos silvestres que podría comer, pero yo soy de ciudad y no voy a arriesgarme a pillar una intoxicación.

Cerca del río, el bosque sube bastante, como si quisiera alejarse del lugar, aunque pronto se nivela. Empiezo a sudar, pero la caminata me apetece, o sea que continúo. Además, conforme la vegetación se hace más espesa, proporciona una sombra más fresca, así que aprovecho el paseo para ir pensando en el argumento del cómic que quiero empezar esta misma tarde. Creo que lo situaré en un pueblo parecido a este, perdido en alguna montaña donde, desde hace años, se sabe que la antigua colonia textil esconde seres siniestros que de noche salen de caza. En cuanto oscurece, los vecinos se encierran en sus casas, cierran las puertas, que han reforzado con planchas de hierro, y también las ventanas. Pronto empiezan a escucharse gritos y peleas como de animales, pero los que caminan por las calles no son precisamente...

–¡¿Qué ha sido eso?!

Algo ha pasado corriendo muy cerca de mi pierna, rozándome la piel y dándome un susto de muerte. Me doy cuenta de que me he ido alejando y no sé muy bien por dónde ando. Eso no me preocupa, no voy a perderme como si fuera un niño de cinco años. Es cuestión de volver atrás a buscar el río y seguir el curso hasta donde Carlos y los otros deben de seguir *pescando*.

–¡¿Pero qué...?!

No consigo ver qué es lo que me está rondando. Sea lo que sea o es muy pequeño, o muy rápido... o ambas cosas.

Un siseo.

–¡Es una serpiente!

En realidad no la veo, pero ese siseo solo puede ser de uno de esos bichos que si te muerden te meten en un problema grande. Me alejo de allí corriendo, pero sigo oyendo algunos crujidos que no me cuadran.

–¡¿Hay alguien?!

Y de repente caigo en ello. Deben de ser Carlos y los otros, que han decidido dejar de aburrirse con las cañas e ir a darle un susto al de la ciudad. Como conocen estos bosques, se me adelantan y me esperan. Seguramente lo que me ha tocado la pierna debe de haber sido algo que me han tirado ellos. Deben de estar pasándoselo en grande.

–¡No seáis idiotas! –les grito.

Sigo adelante, pero voy dando un rodeo que me va acercando al río. El bosque se abre y me encuentro en un camino sin asfaltar que parece desembocar en una casa grande. Las tierras de alrededor están cultivadas, de manera que envuelven la propiedad. Se ven campos bastante grandes de trigo –o eso creo–, muchos almendros y, más cerca de la casa, lo que parecen vides cargadas de racimos. Recuerdo que de niño algunos veranos iba con mi padre a sitios como este y nos comíamos la uva todavía caliente. Estaba en plena maduración y los granos eran grandes y jugosos y te dejaban un sabor dulce en la boca muy agradable.

Sin embargo, esta zona no me suena mucho. Claro que eso no es nada extraño: cuando veníamos aquí a pasar unos días, yo raramente me alejaba del pueblo.

Sigo el camino de regreso un rato, pero pronto veo que se va alejando del río, de manera que en una de las curvas vuelvo a meterme en el bosque, en esta parte mucho menos denso, y cojo una especie de sendero abierto por el paso de la gente.

Tras una suave pendiente, me encuentro con una sorpresa. Allí, en medio de los árboles, una porción de terreno despejada donde puede verse lo que claramente es una tumba de cemento. Me acerco con cuidado tratando de no hacer mucho ruido –aunque pronto me doy cuenta de que eso es una estupidez– hasta que estoy lo bastante cerca para observarla bien. Se trata de un cuadrado de gravilla delimitado por cuatro rebordes de cemento que sobresalen casi un palmo del suelo con una especie de adorno floral en los puntos donde se unen. En el medio hay una lápida gris con algo grabado y coronada por una enorme cruz a la que le falta un buen trozo de uno de sus brazos.

Me acerco y leo una corta inscripción seguida por una lista de quince nombres.

«Aquí fueron fusilados por la patria.»

Los nombres de la lista son todos masculinos. Me llama la atención que dos de ellos lleven el mismo apellido. Tal vez fueran hermanos o padre e hijo.

La tumba tiene unas flores ya secas junto a la cruz, aunque también han crecido algunas silvestres a los pies de la lápida. Eso y el hecho de que el terreno y la tumba estén limpios y sin hierbas me dice que alguien debe de venir de tanto en tanto a cuidarlo.

Deben de ser de la guerra civil de la que el abuelo Pablo no quería ni oír hablar. Me siento un rato allí, releyendo la inscripción y los nombres y pensando en esa guerra de la que solo sé lo poco que me contaba la abuela y lo que me explicaron en Sociales. Trató de rebuscar en mi memoria, pero apenas encuentro cuatro datos. No es un tema que me interesara cuando lo dimos porque no lo relacionaba para nada con las historias de la familia y por lo tanto debí de pasarme la clase chateando o dibujando. Sé que hubo unos que se llamaban republicanos, que fueron los que perdieron, y muchos muertos de los dos bandos. Recuerdo que alguien dijo que empezó en el año 36... ¡Bufff!, de eso hace mucho ya. Los que están aquí metidos deben de ser polvo o ni siquiera eso. Cuando vuelva a Barcelona, tal vez eche un vistazo por internet a ver si encuentro algo interesante sobre el tema porque aquí no hay nada de cobertura. Bien pensado, una guerra puede ser un buen escenario para una historia de zombis. Con la de muertos que provoca, podría estar bien planteárselo.

Saco mi libreta y el pequeño lápiz que siempre llevo encima y hago un esbozo de esa tumba que ha aparecido como por arte de magia en medio del bosque.

Cuando ya estoy acabando, me llama la atención un movimiento que creo haber visto un poco más allá, donde la maleza vuelve a cerrarse sobre sí misma y oculta entre sus sombras a los seres que viven allí. Me detengo a observar detenidamente, pero no se produce ninguna nueva alarma, así que trato de concentrarme de nuevo en terminar el esbozo.

Sin embargo, mi cerebro me avisa de que hay algo que han registrado mis ojos que no encaja allí, algo fuera de lo normal que no he acabado de descifrar, pero que ha quedado grabado en alguna parte de mi cabeza. Me levanto y me acerco despacio hacia donde creo haber visto algo raro. Las sombras me cobijan y la temperatura baja enseguida por lo menos tres grados. Camino despacio, barriendo con la mirada, hasta que lo encuentro.

–Aquí lo tenemos, menudo misterio.

Debajo de un pino enorme, mucho más grande que los que lo rodean, hay tierra revuelta, como si algún animal hubiera escarbado. Se distingue con claridad porque la tierra es muy rojiza y el que lo haya hecho no era demasiado delicado. Seguramente fuera algún jabalí, la abuela me contaba que por las montañas había muchos y que cada vez se acercaban más a los pueblos en busca de comida.

Me agacho y remuevo un poco la tierra, tratando de averiguar qué era lo que buscaba el animal. Arranco un par de terrones grandes que se deshacen en mis manos, pero no veo nada interesante. Estoy a punto de levantarme y regresar cuando algo me llama la atención en el agujero. Entre la tierra se distingue algo blanco que no pertenece al entorno de ese bosque.

Con ayuda de una rama, sigo profundizando y pronto veo que se trata de una caja muy deteriorada a la que se le ha saltado casi toda la pintura, aunque todavía le quedan restos de incrustaciones blancas y de algún otro color que apenas se distingue. La extraigo, no pesa mucho a pesar de que es claramente metálica. La tapa está casi negra, parecen distinguirse algunos tonos azulados, pero no consigo ver lo que representan.

–¿Y tú qué contienes? ¿Qué secretos escondes? –digo con una sonrisa en la cara, aunque creo que cuando consiga abrirla no encontraré nada.

Sin embargo, la cosa no va así. Dentro de la caja, que me ha costado mucho abrir, ya que los bordes estaban pegados con algo que ha quedado como solidificado, hay lo que parecen algunas flores ya casi momificadas, un botón viejo y ennegrecido y una especie de envoltorio de varias capas. Con mucho cuidado empiezo a deshacer la primera capa, que se me quiebra y pulveriza en las manos. Parece una tela oscura y, por su estado, me hace pensar que este recipiente lleva enterrado bastante tiempo. Debajo de esa capa hay otra igual, también muy hecha polvo, y así un par más, cada una un poco mejor conservada que la anterior. Finalmente, descubro una especie de papel basto de color marrón que desenvuelvo con mucho cuidado sobre la lápida, a la que he vuelto para sentarme y realizar esta operación.

La curiosidad me mantiene a la expectativa.

Por dentro, el papel debía de estar como encerado, pues todavía conserva una sustancia que se me pega en los dedos. Cuando acabo de desenvolverlo del todo, me encuentro con un sobre.

No hay ningún nombre escrito ni en la parte anterior ni en la posterior. El sobre está cerrado y me da cosa rasgarlo, por lo antiguo que parece, no creo que el destinatario llegue nunca a desenterrarlo.

Lo abro.

Dentro hay dos cuartillas de un papel amarillento de apariencia muy frágil. Están escritas solo por una cara, aunque al principio parecía que la pequeña y retorcida letra llenara las dos. Lo que ocurre es que el papel es tan malo que toda la tinta se transparenta. Enseguida me llama la atención una especie de garabato en el ángulo superior derecho, algo similar a dos trazos paralelos cruzados por un semicírculo. Lo dejo para después y me centro en el texto. Parece letra de mujer, por lo redondo del trazo, y no es fácil de entender. Paso un tiempo mirando las palabras para que mis ojos y mi cerebro se acostumbren a los signos y sea más fácil descifrarlos. Leo primero algunas palabras sueltas:

amor, soledad, dolor, guerra...

Por fin, me decido a empezar:

Mi amado, mi amor, mi todo:

El hambre nos acecha en casa y en toda la comarca. Los cultivos no dan para todos y ya no quedan animales que sacrificar. Pero yo me alimento de tu amor y solo así soy capaz de vencer la soledad que a veces me causa tanto dolor, que es peor que no comer. Se comenta por aquí que la guerra va a decidirse en el maldito río Ebro y que será allí donde más muertos va a haber. Allí están combatiendo mis tres hermanos. No sé nada de ti desde hace casi un año y medio, desde que te fuiste a una guerra que no es nuestra. La maldita guerra que ha acabado con la vida y los sueños de muchos, pero que no podrá con nuestro amor porque es infinito y puro. Espero que no estés en el Ebro y que te mantengas lejos de él, porque ese será el río de la muerte para muchos de vosotros y de nosotros.

Vosotros y nosotros, tú y yo, no somos enemigos, y aunque algunos crean ahora que lo son, al final sus hijos serán otra vez amigos y correrán juntos por estos bosques y encontrarán nuestros escondites o descubrirán otros nuevos entre los árboles y las rocas. Recuerda lo que te digo, amor mío, correrán juntos cerca de un río que ya no será de los muertos, sino de los vivos y de los que se aman.

Lo que estoy haciendo con estas cartas me da miedo, pero me mantiene viva, es casi lo único que me mantiene con una sonrisa en estos tiempos de lágrimas y de tristeza. Ha habido más muertos en los bombardeos, que siempre son por la noche. De día pasan aviones y a veces ametrallan los campos y matan a los animales o a las personas. Supongo que desde ahí arriba las mulas y los hombres somos iguales para ellos. Espero que tú no pilotes un avión de esos y no mates a mujeres ni a ancianos. No, eso no lo harías, antes morirías que hacer eso.

Siento que me vigilan y por eso debo ir con más cuidado. Seguramente se trata de desertores que se esconden desesperados y comidos por el odio.

También sé que alguien más cercano me vigila, me observa tras las sombras. Tal vez sea mi padre o un vecino que lo hace por su encargo. Él sospecha que no te he olvidado, aunque yo nunca te nombro en casa, ni a tu familia tampoco. Pero no podrán con nuestro amor.

Por las noches me tiendo en mi cama y pienso en tu vuelta, en el día en que vendrás a buscarme a mi casa y ya no te odiaremos por lo que hizo tu padre. Mi madre te besará y mi padre nos dará la bendición que necesitamos para poder vivir en paz en algún lugar cerca del bosque que guarda ahora nuestro amor.

Mientras tanto, seguiré escribiéndote y este será nuestro refugio, será el lugar donde encontrarás mis cartas como prueba de mi amor absoluto. Mientras no llega el momento en el que vuelvas a buscarme, aléjate de ese río y mantente vivo por mí, por nosotros.

Infinitamente tuya.

Donde nuestro mar besa la tierra nace el sendero. Tras el sendero la piel rugosa marca el final del camino, allí donde el musgo señala la medicina y la coraza.

¡Esto es increíble! Una carta de amor antigua escrita vete tú a saber por quién para alguien que se supone que estaba combatiendo en esa guerra. Leo de nuevo algunos de los nombres que figuran en la lápida en la que estoy sentado y me pregunto si no será alguno de estos hombres que murieron aquí fusilados. Tal vez el destinatario no falleciera en esa guerra, pero jamás llegó a encontrar esta carta que, por lo que puedo leer, no debe de ser la única que anda enterrada por estos bosques, ya que ella se refiere a otras. Aunque, bien pensado, lo más probable es que nunca llegara a saber nada de las cartas, ni de ese amor que lo esperaba aquí, porque quedó muerto en alguna trinchera o destrozado por un proyectil de un tanque o tal vez también fue fusilado y enterrado en una tumba como esta en medio de la nada.

Es una historia triste.

Dudo sobre si volver a enterrarla y dejarla allí hasta el fin de los tiempos, hasta que se convierta también en polvo o se disuelva en la tierra y así ese amor quede unido para siempre con este bosque y se conserve.

–¡Menudo culebrón! –digo en voz alta algo sorprendido por el ataque de romanticismo que me ha dado.

No es algo habitual en mí, sino más bien muy extraño, que ese pensamiento se haya elaborado en mi cabeza. Debo de haberme contagiado del tono dulzón de la carta.

A Marta le habría encantado oírme decir algo así. Siempre me insistía en que las palabras eran importantes en una relación y que yo nunca le decía cosas que ella esperaba oír de mí. Cosas como te quiero, te amo, te necesito... Seguramente fuera porque yo no lo sentía.

No sé si la quería, ni si la amaba, y desde luego no la necesitaba. Creo que nunca llegué a sentir cosas como las que escribió esta chica en la carta. Esa sensación de vivir un «amor absoluto» no deja de parecerme algo irreal, aunque debo reconocer que debe de resultar una experiencia muy fuerte sentirse así, como ella describe su vida, enfocada casi al cien por cien a vivir ese amor que todo lo condiciona, incluso en medio de una guerra.

Tal vez Marta escogió a la persona equivocada.

Tal vez simplemente yo no sea capaz de albergar esos sentimientos.

–Te vienes conmigo –les digo a la carta y a la caja.

He decidió llevármela a casa, aunque no estoy muy seguro de qué hacer con ella. Por una parte, tal vez debería seguir mi primera intención, que era dejarla donde estaba, aunque eso siempre puedo hacerlo más adelante. Algo me dice que me la lleve, y yo siempre sigo mis intuiciones.

Tapo el agujero y echo un último vistazo a la tumba de los «fusilados por la patria». Lo primero que he pensado cuando he leído esa frase es que, por la patria o por cualquier otra cosa, lo cierto es que esos hombres murieron y fueron enterrados aquí, en medio de un bosque perdido en el culo del mundo. No estoy seguro de que estuvieran muy contentos de hacerlo por esa idea. Un muerto es un muerto al fin y al cabo y dudo que nadie les preguntara si era ese el final que querían para sus vidas.

Cuando encuentro de nuevo el río, lo sigo hasta donde Carlos y los demás se supone que seguían pescando, pero no veo a nadie. Solo las colillas y una lata... ¡Menudos pescadores! Además, se han largado sin esperarme, o sea que si me hubiera perdido por el bosque, les daría lo mismo. Ni siquiera Sofía se ha quedado a ver si volvía.

Regreso a la bañera mayor, donde ya solo quedan un par de familias que toman el sol en las toallas extendidas sobre las rocas o vigilan los saltos de los más pequeños, que parecen no cansarse nunca de subir y saltar, subir y saltar. Cruzo el siempre frágil puente de troncos construido por los vecinos y reconstruido una y mil veces después de cada riada que se lo lleva por delante. Con el tiempo que hace que está aquí, bien podrían haber hecho uno de cemento, pero parece que les gusta más jugar a ver cuánto dura en pie cada vez que lo levantan.

En casa comemos puntuales a las dos y media, coincidiendo con el inicio de las noticias de la tele. Yo llego tarde y aguanto un pequeño discurso de papá sobre la puntualidad y las vacaciones.

–... ya que estamos empezando estos días de descanso, no vamos a comenzar a discutir, así que respetando unas normas mínimas, las vacaciones serán un buen momento para la familia y...

¡Bla, bla, bla!

Por el resto del mundo, todo igual, muertos por terrorismo, por el hambre, por un huracán, por un loco con una pistola que ha entrado en un supermercado en Texas, por un accidente de autocar y dos de moto, por luchas entre musulmanes y budistas en la India...

Un mundo de muertos más que de vivos.

Un mundo de zombis que algún día despertarán y acabarán con nosotros.

He escondido la caja en mi habitación.

4. Dos bandos

—Eso quiere decir que hay más cartas enterradas por ahí.

–Bueno, es posible, ¿y qué?

–Podríamos buscarlas.

Era de esperar que ella propusiera algo así. De hecho, creo que se la he enseñado precisamente porque necesitaba que alguien me impulsara a hacerlo y si era Sofía, mucho mejor. Esta mañana le he enviado un wasap y he confirmado que este pueblo no tiene apenas cobertura. Como no me contestaba, he pensado que estaría enfadada todavía por lo de la pesca, pero entonces papá me ha comentado que él tampoco recibía mensajes y que internet iba fatal, así que he tenido que recurrir a la comunicación tradicional. He estado mirando por mi ventana hacia la casa de los vecinos y al final la he visto pasar y le he pegado un silbido. Ella me ha mirado y por su sonrisa ha quedado claro que no estaba disgustada conmigo. Le he hecho un gesto cómplice de vernos en la calle y ella ha aceptado encantada después de enseñarme cinco dedos con la mano, que yo he interpretado como «cinco minutos», pero que solo era un saludo, con lo que ella ha tenido que esperarme un rato abajo.

Cuando ha leído la carta, creo que le ha entrado el mismo ataque de sensiblería que sienten algunas chicas que conozco con historias de amor como estas, lo he visto por el brillo que ha surgido en sus ojos. Pero no ha dicho nada, así que nos ahorramos comentarios azucarados.

–Podríamos conectarnos y buscar algo de información sobre esa batalla cerca del río Ebro. ¿Hay algún sitio que tenga internet que no se cuelgue cada dos por tres? –he preguntado para cambiar de tema ante la sugerencia de lanzarnos por el monte a buscar cartas de amor ocultas bajo los pinos.

–Sí, la biblioteca, pero antes podríamos mirar si descubrimos alguna caja más –ha insistido.

Ya debería saber que ellas nunca abandonan una idea cuando ya la han verbalizado.

–Pero no sabemos si hay más, solo es una suposición porque habla de ellas en plural. Además, ¿cómo vamos a salir al bosque a mirar si algún otro jabalí ha decidido desenterrar una caja con cartas de amor?

–¿Siempre eres tan positivo?

–No se trata de ser positivo, se trata de ser lógico.

–Vale, pues escucha mi lógica a ver qué te parece.

Sus ojos siguen brillando, pero esta vez de desafío.

–Ella no sabe dónde está el chico al que ama, se ha ido a la guerra y no sabe dónde debe mandarle las cartas. Mi abuelo también luchó en esa guerra y...

–Y el mío, solo que nunca quiso hablar de ello.

–Eso es porque estaba en el bando de los nacionales.

–¿Los qué...?

–Los nacionales. No me digas que no lo habéis estudiado en Sociales.

–Claro, pero no prestaba atención a todo ese rollo.

Me mira como si yo fuera un chiquillo con el que hay que tener paciencia. Ella siempre ha sido buena estudiante.

–Lo de la guerra civil te suena, ¿no?

Prefiero no contestarle y me limito a mirarla inexpresivamente, algo que acostumbra a molestar a las chicas, aunque a Sofía no parece afectarle.

–Pues había dos bandos, los republicanos y los nacionales. Mi abuelo estuvo con los republicanos, como la mayoría de los de aquí. Él me contó que no quería ir a la guerra, como ninguno de sus vecinos, ya que sus problemas no eran de política, sino de agricultura. Pero se encontraron metidos en esa estúpida contienda y tuvieron que escoger. Mi abuelo se fue con los republicanos y pasó dos años en una cárcel de Cádiz, ya que lo hicieron prisionero enseguida. Mi abuela y él se escribieron cartas durante todo ese tiempo y...

–Ya –la corto para que no me cuente la historia de su familia–. ¿Qué sabes de mi abuelo?

–Bueno, no mucho, solo lo que a veces me contaba mi abuela, ya que mi abuelo no quiso hablar mucho del tema. Él acostumbraba a decir que era mejor dejar enterradas las historias junto con los muertos.

–No parece mala idea.

–Pero un día la abuela me contó que el padre de tu abuelo tenía un taller de reparación de maquinaria o algo así, y como era de los nacionales, tuvo que huir para que no lo fusilaran no sé por qué historia. Por lo visto, entonces tu abuelo quedó atrapado en la otra zona, donde mandaban los del otro bando, y luchó con ellos. Era solo un chiquillo cuando se fue de aquí, y cuando volvió... Bueno, pasaron bastantes años antes de que todo fuese como antes. De hecho, mi abuelo decía que nada podría ser ya como antes.

–Pues yo no sabía nada. Mi abuela me contaba pocas cosas de la guerra. Supe que mi abuelo había luchado en ella, pero nunca se me ocurrió preguntar en qué bando.

Tomo nota de hablar con mamá de este tema a ver si me aclara algo.

–Bueno, no sé nada más, así que volvamos a la carta. Ella le escribe, pero como no sabe a quién mandarla...

–Espera, espera –la corto–. ¿Qué bando ganó?

–Los nacionales, los de tu abuelo.

–¿Eran los de Franco y todo eso?

–Creo que sí, no estoy muy segura porque eso lo daremos este año que viene en Sociales. ¿No lo habéis dado vosotros?

–Eso me parce, pero la verdad es que ni me acuerdo.

–Menudo estudiante estás hecho. En fin, a lo que iba... –Lo dicho, no suelta la presa–. Ella decide seguir escribiéndole, pero no envía las cartas, sino que las esconde por el bosque.

–¿Por qué iba a hacer eso?

–¿No la has leído o qué?

Encojo los hombros y ella coge el papel y lee.

–«Siento que me vigilan y por eso debo ir con más cuidado. Seguramente se trata de desertores que se esconden desesperados y comidos por el odio.»

–¿Comidos por el odio? Parece una descripción un poco rara.

–Bueno, imagino que habría hombres escondidos en estos bosques o algo así. Pero sigo...

Vuelve a concentrarse en la carta, pero antes hace ese gesto automático de recogerse el pelo tras la oreja. No se da ni cuenta de que lo hace constantemente.

–«También sé que alguien más cercano me vigila, me observa tras las sombras. Tal vez sea mi padre o un vecino que lo hace por su encargo. Él sospecha que no te he olvidado, aunque yo nunca te nombro en casa, ni a tu familia tampoco. Pero no podrán con nuestro amor.»

–¿Y eso qué quiere decir?

–Pareces tonto... –me suelta acompañado de una sonrisa–. Ella tiene miedo de que descubran ese amor, por alguna razón. Yo qué sé, a lo mejor es que las familias estaban peleadas. Fíjate lo que dice más adelante: «Por las noches me tiendo en mi cama y pienso en tu vuelta, en el día en que vendrás a buscarme a mi casa y ya no te odiaremos por lo que hizo tu padre.»

–Tal vez tengas razón y las familias no se aguantaban.

–El padre del chico hizo algo malo que la familia de ella no perdona y por eso esconde las cartas en el bosque. En los pueblos la gente se pelea constantemente.

–Eso no quiere decir que haya más cartas.

–«Mientras tanto, seguiré escribiéndote y este será nuestro refugio, será el lugar donde encontrarás mis cartas como prueba de mi amor absoluto» —lee en voz alta y con cierto tono de impaciencia.

–Puede... –le concedo–. Pero no se me ocurre cómo vamos a encontrarlas.

–Para ser dibujante y crear historias, tienes muy poca imaginación. Lee el final.

Me tiende el papel viejo y amarillento por el paso del tiempo. Leo la parte final, después de «Infinitamente tuya».

–«Donde nuestro mar besa la tierra nace el sendero. Tras el sendero la piel rugosa marca el final del camino, allí donde el musgo señala la medicina y la coraza.»

Miro a Sofía y veo que ella espera que yo entienda algo o diga algo o haga algo, de manera que le suelto la primera idiotez que me viene a la cabeza.

–En aquella época, ¿qué tipo de vino bebían? A esta chica le debía de gustar salir de paseo con un bidón entero. ¡Ja! ¡Ja! ¡Ja!

Me río porque yo mismo me he hecho gracia, pero, de los dos, soy el único que lo hace.

–¿Qué crees que significa de verdad? –insiste

Entonces caigo.

–Es una pista.

–¡Bleeeen! –aplaude ella con sarcasmo, pero con una sonrisa, por lo que no me enfado.

–¿Dónde el mar besa la tierra? Por aquí no ha habido mar ni cuando hubo la guerra... –comento yo por empezar por algo.

–Pero no dice el mar sino nuestro mar y eso quiere decir...

–¿Quiere decir? –repito imitando su gesto de arrugar la frente.

Ella ni se inmuta.

Me gusta esta chica.

–Quiere decir... que no hablaba del mar en realidad –interviene sin encontrar la respuesta.

–¡El río! –se me ocurre de repente.

–¡Sí, claro! Es lo más parecido al mar que hay por aquí.

–Esa es una teoría bastante floja, ¿no?

–Tal vez, pero de momento nos vale. ¡Venga, vamos! –me dice mientras tira de mi mano.

–¿Adónde?

–Al río, hombre, dónde va a ser.

–Pero...

Ya no me escucha, de manera que la sigo hasta el río. Por el camino parece muy excitada por la posibilidad de encontrar las pistas que ella considera que la chica de la carta dejó para que su amado las descubriera tras la guerra. Cuando nos acercamos al puente de troncos, se detiene un momento y me señala el punto en el que las piedras se adentran en el agua en la bañera mayor.

–Ahí tienes tu playa, donde el mar besa la tierra.

–Querrás decir su playa –le respondo.

–Bueno, sí, mira que eres susceptible...

Llegamos hasta ese punto y Sofía se pone a buscar por los alrededores.

–¿Qué buscas?

–«Donde nuestro mar besa la tierra... –me hace gestos señalando nuestra posición tocando la orilla– nace el sendero», pero yo no veo ninguno.

–Esta carta tiene setenta años por lo menos. Es imposible que encuentres...

–¿Que encuentre... qué?

¡Yo lo he encontrado! Mientras señalaba hacia el bosque precisamente para decirle que era imposible hallar nada allí, justo donde acaban las rocas, he visto un pequeño camino apenas distinguible desde nuestra posición. Parece medio cerrado por los arbustos, pero en algún momento eso fue un estrecho sendero de montaña. Es evidente que no se utiliza mucho, pero alguien todavía lo usa de tanto en tanto.

Me empieza a gustar este juego.

Caminamos montaña arriba durante más de cinco minutos, Sofía ni siquiera resopla y yo sudo y abro la boca buscando aire. Soy de sentarme a dibujar, no de ir trotando como las cabras.

–Es esto... –me dice Sofía en cuanto llegamos a un claro en la parte superior. El suelo es de roca, muy parecida a la del río, pero esta tiene como pequeñas piedras incrustadas en ella–. Es la piel rugosa.

–Vale, ya solo nos falta encontrar ese rollo de la medicina y la coraza.

–¿Qué crees que quería decir?

–¿Cómo voy a saberlo? Yo dibujo, no hago poesía de campo.

–La medicina y la coraza, la medicina y la coraza, la medicina...

Para no oír esa repetición de palabras, me alejo como si estuviera buscando. En realidad, creo que no vamos a encontrar nada, eso de la medicina y la coraza es un lío que demuestra que aquella chica no debía de estar del todo bien. De todas maneras, si alguien es capaz de descifrarlo, esa es Sofía, que, según mi madre, saca sobresalientes hasta en Educación Física.

Me siento en la roca a observar el paisaje que se ve desde esa altura.

–¿Así buscas? –oigo enseguida a mi espalda.

–Estoy pensando en la medicina y la maldita coraza.

Un manto de bosque verde se extiende hasta bastante lejos, a los pies de esa extraña montaña que es Montserrat. Mamá me dijo que la llaman «la montaña mágica» porque se supone que es un punto de encuentro para los amantes de los extraterrestres. ¡Cuántos frikis hay por el mundo! Claro que yo mejor me callo..., después de todo, dibujo zombis caníbales que salen de una colonia textil.

Se supone que esa exposición de naturaleza debería hacerme sentir bien y en paz, pero a mí más bien me agobia tanto árbol y tanta piedra y tanto insecto y todo eso. Trato de imaginarme el escenario pasado por mi propio filtro creativo. Imagino...

¡No! Imaginar no es la palabra. Veo, elaboro, construyo en mi cabeza un escenario con esa montaña al fondo. Está cubierta de sombras muy oscuras, de manera que apenas se distingue la silueta. El cielo, lleno de nubarrones negros y grises, crea esa atmósfera opresiva que me gusta para mis historias. La luna, medio escondida tras una nube, apenas deja pasar una luz blanquecina que solo proporciona una iluminación tenue. Manchas en el suelo, sombras y oscuridad para que todo parezca más tétrico...

–La medicina no puede ser la normal, sino otra cosa, como por ejemplo algo natural que cure. Aquí no hay botiquines, o sea que debe de ser una de esas plantas que mi abuela me enseñó de pequeña, como el romero o el tomillo. Mira esto...

La voz de Sofía me ha cortado en plena inspiración.

–A ver, ¿qué se te ha ocurrido? –le digo prestándole atención.

–Ven, mira, ¿ves el musgo?

–¿Eso es musgo? ¡Si no hay ni para cubrir el Belén! ¡Ja! ¡Ja! –me río mientras señalo una línea verdosa que aparece en la rendija que hay entre dos rocas enormes.

–¿Es musgo o no?

–Sí.

–Seguramente en esta rendija siempre ha habido musgo, porque es un sitio húmedo.

–¿Y?

–Si sigues la rendija verás que acaba allí.

Con un dedo me señala hacia un hueco entre las rocas. No es muy grande, pero ella podría pasar por él. Antes de que pueda seguir hablando, Sofía sigue a lo suyo.

–Estoy segura de que ahí detrás hay algo que puede servir para interpretar eso de la medicina y la coraza.

–¿Por ejemplo?

–Pues lo que te he dicho, una hierba medicinal. Mi abuela hacía sopas de tomillo para el dolor de estómago o infusiones con romero para la cabeza.

–¿Y la coraza sería...?

–Te lo diré cuando lo vea.

–No estarás pensando en meterte ahí, ¿no?

–Claro.

–Puede haber algo peligroso dentro.

–¿Como qué? –me pregunta con una sonrisa burlona–. ¿Un oso o una pantera? Se nota que eres de ciudad, siempre pensáis que el campo es como la selva del Amazonas.

–Tú misma, yo no voy a entrar.

–Tampoco cabrías.

Hago como que no me importa que se meta a rastras por ese agujero, pero la verdad es que estoy un poco preocupado. Cuando desaparece tras las rocas, oigo ruidos, como si ella rascara en el suelo. Tal vez sea cierta su teoría y descubra algo.

Al cabo de un rato, aparece uno de sus brazos con una caja muy parecida a la que yo encontré en el bosque. La recojo y espero a que ella salga poco a poco. Tiene el pelo lleno de tierra, pero está más que contenta. Examino la caja y veo que es de color verde, aunque tampoco le queda mucha pintura.

–¿Cómo...? –le pregunto todavía sorprendido.

–Allí detrás hay un buen hueco donde crece mucho tomillo: la medicina.

–¿Y...?

–La coraza era un trozo de chapa oxidada que tapaba la caja, que estaba enterrada a muy poca profundidad porque aquí todo el suelo es de roca, de manera que ella debió de decidir taparla con un pedazo de hierro para protegerla mejor.

Acepto lo rocambolesco de la situación y abro la caja con ayuda de un palo y una piedra. Dentro encuentro el mismo proceso de embalaje que en la otra, solo que en lugar de flores hay algo parecido a semillas, y en lugar del botón, algo que parece un pasador de cabello. Las dos primeras capas de trapo caen solas y el papel marrón encerado nos descubre un sobre idéntico al anterior con el mismo signo en la cuartilla, ya que esta vez solo hay una.

La letra es claramente la misma.

Me siento en una piedra y Sofía se apoya en mi espalda para leer por encima de mi hombro. Puedo oler la mezcla de perfumes que desprende: colonia, tierra y tomillo.

Trato de concentrarme en el papel amarillento.

Mi amado, mi amor, mi todo:

Hoy me he levantado con el sabor de tu beso impreso en mis labios y me he escapado al bosque porque me sentía morir sin ti. Ya sé que hace mucho tiempo que no estás, pero hoy tengo malos pensamientos y creo que esta guerra maldita no terminará nunca o que tú morirás o que yo moriré. No me da miedo la muerte, pero no soporto la idea de no volver a verte, de no volver a besarte como esa única vez que hizo que el paraíso del que tantos hablan abriera sus puertas para mí y me mostrara dónde viven los corazones que han experimentado un amor como el nuestro.

He vuelto a nuestro rincón, cerca del río, donde tus labios dejaron mi corazón herido de muerte, y allí he llorado por ti, por mí, por todo lo que no hemos vivido todavía. Entonces el viento del sur ha soplado y me ha traído un regalo que llevaré conmigo hasta que tú vuelvas. Me ha traído tu olor y con él, el recuerdo de tus caricias y de ese beso que selló para siempre nuestro amor. No sé cómo ha pasado, pero esas sensaciones se han vuelto reales y ahora es casi como si estuvieras aquí, conmigo.

Eso me dará fuerzas para aguantar los malos momentos que estamos atravesando. Han intentado reclutar a papá por la fuerza y al final se ha podido quedar porque ya hemos enviado a mis tres hermanos al frente, pero temo que un día ya no podamos retenerlo y se lo lleven a luchar. Mamá dice que, en ese caso, nos iremos del pueblo, a casa de una tía suya que vive en Francia. Si eso ocurre yo me escaparé y permaneceré escondida en este bosque esperando tu vuelta.

Casi no logramos arrancar nada a la tierra porque no hay semillas para plantar y vivimos comiendo patatas a todas horas y alguna sopa que prepara mamá con lo que puede conseguir cambiando cosas con las vecinas. Se dice por aquí que han empezado a desaparecer los perros y los gatos del pueblo porque apenas quedan animales que sacrificar, ya que los soldados se lo llevan todo. Cuando mi madre nos consigue algo de carne, yo la miro bien porque no estoy dispuesta a comer nada de eso, antes me muero de hambre.

Pero no quiero quejarme porque seguramente tú lo estarás pasando peor. Cuando esto acabe y podamos estar juntos, cocinaré en nuestra casa y haré paella y estofado y podremos comer juntos frente al fuego. Ese sueño me alimenta y me mantiene con ánimo para seguir luchando por nosotros.

Infinitamente tuya.

Donde descubrimos a los que con el sol se mueven. Allí donde la tierra busca el cielo, una frontera comienza. En la mitad del camino, la puerta negra abre la entrada.

–¡Increíble! –digo en cuanto acabo de leerla.

Al cabo de unos segundos, Sofía, que ha ido algo más lenta, lanza un largo y extraño suspiro.

–Sí, estaban muy enamorados.

Yo no lo decía por eso, pero en fin.

–Toda esta historia es muy extraña –insisto–. No es solo que esta chica esté loca por alguien cuyo nombre ni siquiera menciona, es que además le escribe cartas que deja por todo el bosque. Para mí que estaba como una cabra.

–No seas idiota, Dima, no has entendido nada.

–A ver, chica lista –le digo mientras ella se aleja unos pasos como si necesitara moverse–. ¡Ilústrame!

Me mira y sonríe, pero en su cara veo que está como concentrada en sus pensamientos. Es la misma expresión que pone mamá cuando tiene que corregir exámenes en casa.

Tarda un momento en poner sus ideas en orden y entonces se lanza.

–Bueno, tal como yo lo veo, las cosas están así: no sabemos quién es esta chica tan enamorada, ni a quién amaba, ni cuántas cartas le escribió y escondió por estos bosques. No sabemos cuántas hay, pero sí cómo encontrarlas por orden porque en cada una ha incluido la pista que lleva a la siguiente.

Yo ni siquiera lo había pensado.

–Todas las cartas tienen esta especie de símbolo en la parte superior y... ¡espera un momento!

Me devuelve la carta y se dirige hacia el agujero por el que se ha metido para encontrarla. Mientras, yo observo que en la esquina superior derecha del papel hay el mismo signo de dos líneas paralelas cruzadas por un semicírculo que ya había visto en la primera carta. Cuesta un poco de ver, pues justo en ese lugar el papel está bastante mal, medio roto y con manchas marrones que lo ocultan casi del todo.

–¡Aquí! –me grita Sofía mientras me pide que me acerque a donde ella está de rodillas examinando la roca de entrada al agujero.

Cuando llego, ella me señala algo grabado en la pared derecha que enmarca la abertura. Aunque bastante desgastado, se observa claramente el símbolo de dos trazos toscamente tallados atravesados por un semicírculo bastante irregular. Quien hizo esa marca no contaba con buenas herramientas para picar la roca.

Antes de que pueda decir nada, Sofía me pregunta:

–¿Te fijaste si en el árbol en el que estaba enterrada la primera caja había algo como esto grabado?

–¡No digas tonterías! ¿Cómo iba a saber que tenía que buscar una marca? –le respondo algo molesto.

Ella está tomando los mandos y eso es algo que no me gusta. No soporto tener la sensación de que me controlan. Con Marta me pasaba lo mismo.

Sin embargo, Sofía no parece darse por aludida y sigue con lo que estaba.

–Vale, vale. Estoy segura de que en todos los lugares donde encontremos cartas, habrá más señales como esta.

Lo dice como si ya hubiéramos decidido que vamos a pasarnos el verano a la caza de escondites absurdos con cajas metálicas y cartas azucaradas.

Decidir por los demás, eso es algo que a menudo le decía a Marta que yo no soportaba.

–Vamos a ir a esa fiesta el sábado.

–Esta tarde tendríamos que ir a ver a Sara, la han operado y...

–El lunes por la tarde tendrás que venir más pronto a buscarme.

Cuando me di cuenta, mi vida casi ya no era mía.

Supongo que eso hizo que me comportara como me comporté.

Sofía sigue montando su teoría:

–... y por eso no pone ni su nombre, por si acaso descubren las cartas, porque es un amor prohibido por su familia o por la guerra o por lo que sea. De ahí que las pistas para encontrar la siguiente carta se refieran a lugares que tal vez solo ellos conocen. Por eso la carta anterior hablaba del río como de su mar y en cambio esta habla de algo que descubrieron juntos.

Miro esa parte de la carta y lo repito en voz alta:

–«Donde descubrimos a los que con el sol se mueven...». ¿No podría ser que realmente esta chica estuviera un poco mal de la cabeza?

Sofía me mira con fuego en los ojos.

–Pero ¡¿qué dices?! Es una historia de amor muy bonita que hemos descubierto y que...

–Para empezar, la primera caja la he descubierto yo. Además, te olvidas del viento.

–¿De qué hablas? –me responde algo enfadada, ya que no le ha hecho gracia que yo dejara claro que esta historia era mía.

–El viento mensajero... –respondo en tono burlón y haciendo una mueca grotesca–. Ese que transporta los olores cientos de kilómetros.

Cojo de nuevo la carta y leo en voz baja, como de gran misterio.

–«Entonces el viento del sur ha soplado y me ha traído un regalo que llevaré conmigo hasta que tú vuelvas. Me ha traído tu olor y con él, el recuerdo de tus caricias y de ese beso que selló para siempre nuestro amor.»

Cuando termino de leer, levanto la vista para ver si ella está enfadada por mi burla, pero, al contrario, me mira con una sonrisa increíble en la cara.

Me gusta esta chica.

–Sí, reconozco que eso suena un poco raro...

Ya veo que no se desanima fácilmente, ni se deja arrastrar a peleas absurdas.

Con Marta era distinto.

Después de un tiempo en el que estábamos bien, empezaron las discusiones por cosas sin importancia, tonterías como llegar diez minutos tarde por acabar un dibujo o no regalarle nada por su cumpleaños o...

–¿Crees que es verdad eso que dice de comerse a los perros y a los gatos? –me pregunta ella de repente con cara de angustiada.

–Supongo que sí, me imagino que si hay hambre y no queda ternera...

–¡Qué asco! ¡Yo jamás podría comer eso!

–Bueno, nunca hemos pasado hambre, o sea que no estés tan segura. En una guerra como esa supongo que tendrían muchos problemas con la comida y todo eso.

–Tenemos que averiguar cosas sobre ella y sobre la guerra, y creo que sé dónde podemos hacer las dos cosas al mismo tiempo. Ven conmigo.

–¿Adónde?

–A ver a alguien que lo sabe todo de la gente del pueblo y de la guerra.

–¿Y cómo es que sabe tanto?

–Porque tiene casi noventa años.

5. Gritos en el bosque

—La guerra es el fin del mundo, el abismo, el horror más absoluto, el mismo infierno hecho realidad... La guerra es hambre, dolor, frío, sufrimiento y un permanente olor nauseabundo que se te mete en la nariz y que ya jamás se te olvida. En la guerra los hombres se vuelven bestias atroces y hacen cosas que ni en la peor de tus pesadillas imaginarías que pueden llegar a hacerse. Se degradan como personas, se vuelven animales... No, mucho peor que los animales, mucho peor que la alimaña más desapiadada. No importa qué causa defiendas, la más noble o la más oscura. No importa qué persona te creías que eras, la más íntegra o la más malvada. Ni siquiera importa que pienses que tú no harás las mismas atrocidades que los demás. Al final, la guerra siempre gana, se te mete por los poros, la masticas en cada comida, la acumulas en cada disparo, la asimilas con cada litro de sangre derramada. Creedme, la guerra es mucho peor que la muerte.

¡Menudo discurso nos ha soltado! Apenas le hemos manifestado nuestro interés por el tema el rostro de este anciano (que se mueve con sorprendente agilidad para la edad que Sofía dice que tiene) ha cambiado, llenándose de sombras.

Si pudiera dibujarlo ahora mismo, sería fantástico, pues ha pasado de ser un abuelo apacible que echa una mano en la pequeña biblioteca que hay al lado del ayuntamiento a tener algo oscuro en su expresión.

Cuando hemos llegado nos ha recibido encantado de tener con quien charlar, ya que no había nadie en el local. Ha saludado muy familiarmente a Sofía, por lo que he supuesto que ella debe de venir a menudo en la época de exámenes... Es una auténtica empollona.

Se ha empeñado en hacernos una visita guiada a la biblioteca, adonde acude voluntariamente desde hace muchos años. Sofía me ha contado que antes era bibliotecario y que desde que se jubiló, le dejan venir por las mañanas o por las tardes y así no se aburre. Menos mal que esto no es muy grande, solo un par de salas donde la mayoría de los estantes están medio vacíos y una recepción. En unos minutos hemos terminado y ha sido entonces cuando le hemos podido preguntar por la guerra con la excusa de esa tumba que me encontré en medio del bosque. Hemos decidido no decirle nada de las cartas de momento.

Ha sido justo en ese instante cuando su sonrisa ha desaparecido y se ha tomado casi medio minuto de reflexión antes de contestar. Su mirada se ha perdido en el vacío, como si estuviera tratando de concentrarse o de recordar imágenes de hace mucho tiempo.

–Allí están enterrados a los que hicieron fusilar en las primeras semanas de la guerra...

Se ha detenido y hemos esperado por si quería continuar.

Cuando ya parecía que esa era toda la explicación que iba a darnos, ha vuelto a hablar, sin dirigirnos ni una sola mirada.

–Dos de esos quince eran chicos, como vosotros –ha explicado mirándome como si acabara de descubrir mi presencia allí–. El más pequeño murió cogido de la mano de su padre mientras contemplaba cómo este se meaba encima del miedo. El otro chico lloraba como si tuviera tres años...

Sofía y yo nos hemos mirado como preguntándonos si estaba del todo bien de la cabeza. Ha sido entonces cuando nos ha soltado el discurso de la guerra.

Al final, la propia Sofía le ha preguntado lo que ambos estábamos pensando.

–¿Cómo sabe todo eso de los fusilados?

El anciano ha sonreído con la sonrisa más triste que jamás he visto.

–Yo formaba parte del pelotón de fusilamiento.

Hemos esperado para darle tiempo a continuar con una historia que creo que tenía ganas de contarnos.

–Yo era por entonces un chico algo alocado..., pasado de vueltas, como decís ahora, ¿no?

Sofía ha afirmado con la cabeza mientras le sonreía con cariño. Creo que se conocen de toda la vida y parece que se caen bien.

–Bueno, pues yo era un pasado de vueltas. Odiaba estudiar y detestaba la disciplina de aquellos tiempos... Os aseguro que vuestras escuelas no se parecen en nada a las de entonces. Vivía en un mundo de normas y de rigideces que no soportaba. Por eso cuando la guerra estalló, aquello fue como una liberación. La escuela dejó de funcionar y todo el mundo iba y venía como le daba la gana. Los chicos perdíamos el tiempo fumando o haciendo el idiota por el pueblo o por los bosques. Era un mundo diferente y totalmente nuevo que me encantaba. Me apunté con los anarquistas que montaron una oficina en Monistrol sin saber ni qué era eso. Solo sabía que el mundo que ellos querían se parecía al que yo soñaba por entonces, sin normas, sin jerarquías, sin orden. Me dieron un uniforme y paseaba por el pueblo haciéndome el chulo. Pero entonces, todo cambió...

Sofía y yo nos sentamos en un par de sillas que nos tiende sin mirarnos, como si se avergonzara de lo que hizo cuando era un chico que quería pasárselo bien en la vida.

–Pronto empezaron las persecuciones. Al principio solo oías hablar de ello, de familias que se marchaban en plena noche, de tiros en el bosque, de desapariciones. No quise hacer caso a los que me avisaron, de manera que, en realidad, todo fue una sorpresa para mí. Hubo denuncias, algunos consiguieron huir, pero a otros los detuvieron. Amigos y vecinos nuestros fueron acusados de colaborar con el enemigo y se hizo un juicio. La familia de tu abuelo... –dice señalándome con una mano temblorosa– consiguió huir a tiempo porque alguien les avisó. A los demás, se les acusó de traición a la causa y de colaborar con los nacionales y se condenó a muerte a los hombres. Me llamaron y me ordenaron formar parte del pelotón. Intenté negarme, pero me amenazaron con enviarme al frente, así que me presenté en el lugar y a la hora que me dijeron. Allí me dieron un fusil con tres balas y me llevaron a un claro...

Se le corta la voz.

–Estaban allí, de pie..., esperándonos. Eran trece hombres adultos y dos chicos, y conocía a muchos de ellos de los pueblos cercanos. Cuatro de ellos vivían aquí mismo. Uno era el director del colegio, que me miraba extrañado, como si no entendiera qué hacía allí uno de sus alumnos con un fusil en las manos. También estaba el de la alfarería con uno de sus hijos, Juan, que tenía un par de años menos que yo entonces. Finalmente estaba Jorge, también del pueblo y con quien yo había jugado desde pequeño.

–¿Qué pasó? –le pregunto, aunque creo saber la respuesta.

Pero necesito oírlo.

–Todo sucedió muy deprisa, los pusieron en fila y a nosotros frente a ellos. Éramos ocho, la mayoría no mucho mayores que yo, aunque ninguno más era del pueblo. Nos ordenaron cargar..., alguien gritó. Todos murieron..., yo disparé y ellos cayeron como si aquello fuera una película mala. Recuerdo muy bien que pensé que parecían marionetas a las que les hubieran cortado el hilo. No gesticularon, no gritaron, simplemente cayeron al suelo y yo me quedé allí en medio, observando cómo un soldado pasaba entre los cuerpos rematando a los que se movían. Después corrí y vomité.

De repente se ha excusado porque ha entrado una señora en la biblioteca y se ha ido a atenderla. Nos ha dejado allí sentados con una sensación muy rara en el estómago. Sofía y yo decidimos que es un buen momento para conectarse y buscar cosas de esa guerra tan cercana pero de la que tan poco sabemos. Aquí internet funciona bien, aunque en el resto del pueblo es un asco.

Pasamos la siguiente media hora viendo fotos de trincheras en blanco y negro, banderas parecidas pero no iguales, mapas que explican batallas y bombardeos, modelos de aviones y de proyectiles... Tratamos de hacernos una idea de los números y de los desastres que nos indica la Wikipedia: 500 000 muertos, aunque algunos autores afirman que el doble. Detenciones, fusilamientos como los que nos ha explicado Alfonso –algunos los llamaban «paseos»–, cientos de miles de exiliados que se marcharon y muchos de los cuales jamás regresaron. Pueblos y ciudades destruidos por las bombas, iglesias quemadas, museos saqueados...

¡Hambre!

No hace tanto de eso.

Buscamos también fotos e imágenes de la batalla que hubo en el río Ebro, ya que es donde la chica de las cartas supone que estaba su novio y sus propios hermanos. Leemos y vemos más muertos, muchos más, casi 20 000 entre los dos bandos solo en ese lugar.

Los muertos de las fotos no son como en mis dibujos, no tienen expresión, como si en el momento en que murieron estuvieran pensando en otra cosa. En sus familias quizá, en sus novias, en su perro, en un buen plato de sopa caliente...

No son muertos interesantes, aunque tal vez precisamente por eso, o porque sé que estos son reales, me impresiona mucho verlos.

Mucho más que mis dibujos de zombis que devoran carne humana.

Cuando salimos a la calle, Alfonso nos despide con un gesto de la mano. Sigue atendiendo a gente que devuelve libros o pide el periódico del día.

–¿Qué hacemos ahora? –pregunta Sofía con expresión seria.

Ella también está impactada por lo que ha visto y oído.

–No lo sé...

–¿Buscamos más cartas?

–Bueno..., es que yo no lo tengo claro –trato de excusarme.

La historia empezó siendo divertida, pero ahora ya no me lo parece tanto.

Ahora esa chica es real porque la hemos situado en su vida, en un momento muy concreto de la historia.

–Se lo debemos –concluye Sofía con una sonrisa que le devuelve la vitalidad a su cara.

Me encanta esa sonrisa.

–Vale, vamos a ver qué encontramos –cedo fácilmente.

Volvemos al bosque mientras releemos la parte final de la última carta, donde están las pistas que necesitamos.

«Donde descubrimos a los que con el sol se mueven. Allí donde la tierra busca el cielo, una frontera comienza. En la mitad del camino, la puerta negra abre la entrada.»

–Los que con el sol se mueven... ¿Qué crees que es? –me pregunta mientras bordeamos un camino de tierra que nos lleva de nuevo hacia el río.

Algo baila en mi cabeza desde que he leído ese párrafo la primera vez. Un recuerdo, una imagen..., mi abuela diciéndome algo mientras pelamos habas en la cocina un fin de semana.

Me detengo porque pienso mejor estando quieto.

Sofía también se para y espera. No me agobia con preguntas.

Me viene una imagen a la cabeza, yo funciono mucho mejor con imágenes que con palabras.

–¡Lo sé! ¡Son girasoles!

–¿Girasoles?

–Los que con el sol se mueven. Mi abuela me contó que por aquí había antiguamente un gran campo de girasoles. Ella y mi abuelo a veces iban y se pasaban horas allí, tratando de ver cómo se movían.

–Todavía hay uno que yo sepa, aunque nadie lo cuida mucho, está casi abandonado.

–Pues es allí, estoy seguro.

–Eres un genio, no entiendo cómo suspendes tantas.

–¿Y tú cómo sabes las que suspendo?

–Esto es un pueblo, que vosotros no viváis en él no quita que se sepa cómo os va por la ciudad.

Estoy por preguntarle más cosas de ese servicio de información que parece funcionar tan eficientemente, pero prefiero dejarlo.

Caminamos un rato por un sendero cubierto de un molesto polvo blanco que se levanta con nuestros pasos.

–¿De qué es esto? –le pregunto.

–Creo que es de una cantera que hay aquí cerca. Se están comiendo la montaña.

Llegamos al campo de girasoles.

Hay cientos que todavía crecen entre las malas hierbas. Alineados, como una formación militar.

O un pelotón de fusilamiento, pienso mientras recuerdo las palabras de Alfonso.

–Lo de la tierra que busca el cielo debe de referirse a esa elevación, es la única que hay –me señala Sofía con la cabeza.

En uno de los extremos del campo, distinguimos una especie de montón de tierra no muy grande pero claramente visible. Cuando llegamos a él, descubrimos que marca justo la separación con otro campo donde se cultivan almendros.

–La frontera –digo en voz alta–. Solo nos falta encontrar la puerta negra.

Sofía y yo nos pasamos un buen rato tratando de adivinar a qué se refería la chica de las cartas con eso. Desde aquí arriba se distingue el camino por el que hemos venido hasta bastante lejos. Precisamente por eso vemos llegar una figura que avanza muy despacio por el sendero.

Sofía me mira y se encoge de hombros, de manera que seguimos nuestra búsqueda mientras la observamos acercarse a velocidad de tortuga.

–No entiendo eso de la puerta negra –le digo por si a ella se le ocurre algo.

–Ni yo...

–A lo mejor era algo que había aquí entonces y que ahora no está. De todo esto hace muchos años.

–Pues lo tenemos claro –responde ella levantando una ceja.

–Podríamos buscar el símbolo ese que se supone, según tú, que debe de estar en los sitios donde hay cartas escondidas.

–¡Claro! –dice Sofía con entusiasmo–. Ya te digo que no entiendo que no saques sobresalientes...

Mientras vamos de un lado a otro buscando esa marca, mirando en las pocas piedras que encontramos o en medio de la maleza que ha crecido entre los girasoles, observamos cómo la figura sigue avanzando por el polvoriento camino con algo pequeño que trota detrás de ella. En unos minutos, somos capaces de identificarla como una mujer y poco después comprobamos que se mueve despacio porque es muy mayor y que va acompañada de un pequeño perro.

–¿Qué hace esa anciana caminando sola por estos caminos? –dice Sofía cuando paramos un momento, frustrados por no encontrar nada.

–Los viejos hacen cosas extrañas –le respondo.

Ella no sabe que hablo de mi abuelo, de sus huidas inexplicables, de sus manías, de sus ausencias..., de esa canción que repetía una y mil veces.

–Parece que viene hacía aquí.

En efecto, la anciana ha abandonado el camino principal –si es que a un estrecho sendero de polvo y gravilla suelta puede llamársele así– y muy trabajosamente se desvía hacia el inicio del campo. Una vez allí, se detiene y nos observa.

No hace nada más, solo observarnos en silencio y quieta del todo.

–Esa mujer me da mal rollo –le digo a Sofía.

–Vamos a ver si necesita algo, a lo mejor se ha perdido –me responde sin hacer ni caso a mi intuición.

Cuando estamos cerca, puedo observarla mejor. Es bastante mayor y se mueve con la ayuda de un bastón rugoso muy feo. A su lado permanece igualmente quieto un perro diminuto con cara de pocos amigos que nos mira fijamente. Ella tiene los ojos hundidos, oscuros, aunque no puedo precisar si marrones o negros, la cara de piel casi gris. Tiene las arrugadas manos apoyadas en el bastón, en ellas destacan unos dedos largos y finos cargados de anillos. Toda ella desprende un aire familiar que me desconcierta.

–Hola, ¿podemos ayudarla, señora Dueñas? –la saluda Sofía cuando ya estamos a pocos pasos, y después se vuelve y me aclara en voz más baja–: Es la hermana de Alfonso, pero no se hablan desde la guerra. Hace mucho que no la veía porque apenas pisa el pueblo. Mi madre dice que está loca del todo. Vive sola en una casa en las afueras, muy cerca del bosque del otro lado.

No me aclara el motivo de esa supuesta locura, así que tendré que esperar para saberlo.

La señora Dueñas espera a que estemos frente a ella para hacer una mueca que podría pasar por una sonrisa. El pequeño perro de orejas grandes nos amenaza con un ronquido hasta que ella lo aparta bruscamente con el bastón. Entonces, el animal decide irse a dar una pequeña vuelta.

–¿La habéis encontrado ya? –nos pregunta con suavidad.

Sofía y yo nos miramos extrañados.

–La caja... –nos aclara–. La caja que estáis buscando en el campo de girasoles.

No me da tiempo a decir nada porque Sofía se me adelanta. Al contrario que yo, no sabe mentir, así que ni lo intenta.

–¿Cómo sabe lo de las cajas?

La anciana vuelve a poner esa extraña mueca y agita una mano con tantos anillos que casi no queda sitio para uno más. Hace un gesto como abarcando todo el bosque que tiene a sus espaldas y donde el perro acaba de defecar.

–Ellos me lo han dicho.

Y antes de que podamos preguntar, nos aclara:

–Los seres que viven en el bosque. Ella los conocía, aunque les tenía miedo. Por entonces eran crueles cuando llegaba la noche, pero ahora ya no..., ahora solo huyen de mí.

–¿De quién habla? ¿Quiénes son esos seres? –intervengo antes de volver a sentirme fuera de juego.

La mujer me sonríe, pero a mí se me erizan los pelos de los brazos y de la nuca. No me gusta esta señora.

No me gusta nada.

–Tú eres el hijo ruso de los Casas. –No lo pregunta, es una afirmación. Ha utilizado el apellido de la familia de mi madre, ya que el de mi padre es Rubio–. Tu abuela era una buena persona...

Antes de que pueda continuar, Sofía la interrumpe.

–Vale, sí. Pero hablábamos de *ellos*, y no de la señora Luisa. ¿Cuándo se volvieron malos?

Mi amiga se gira levemente y me guiña un ojo en un gesto que la anciana parece no ver. Supongo que es su manera de decirme que vamos a seguirle la corriente.

–¡Mmm! Tú quieres saber muchas cosas sin confesar ninguna –le responde–. Tú me cuentas y yo te cuento.

De nuevo, no doy pie con bola, no sé de qué habla, pero Sofía parece que sí.

Es rápida.

–Vale, lo de las cajas, ¿no?

La hermana de Alfonso asiente con la cabeza. Su perro ha vuelto y me mira con cara de mala leche.

–Solo tenemos una y...

–No me mientas, por lo menos habéis encontrado dos...

–¿Cómo lo sabe? –la interrumpo esta vez yo.

Hace de nuevo ese gesto con la mano señalando el bosque.

–¡Ah! –exclamo yo con burla–. Se lo han contado *ellos.*

–¿Tienes las cartas aquí? –pregunta dirigiéndose a mi vecina e ignorándome completamente.

Intuyo que, por alguna razón, no le caigo bien.

Nada bien.

–No –miente Sofía.

Ella la mira de arriba abajo durante unos segundos y al final parece aceptarlo.

–Mientes muy mal, niña, pero por ahora no las necesito. Ya me las enseñarás cuando sea el momento.

–¿Cuándo se volvieron malos? –insiste.

La vieja nos pide que la acompañemos hasta donde empieza el frondoso bosque. Justo en el lindero, se detiene y nos lo explica sin desviar su vista de los árboles.

–Llevan aquí mucho tiempo, desde el inicio de los tiempos, cuando en estos mismos bosques corrían bestias inimaginables para el hombre. Han sobrevivido a glaciaciones, incendios, terremotos y a toda clase de desastres, ya sean naturales o provocados por nosotros. Viven aquí porque forman parte de la vida, de la esencia de estos bosques. Nadie los ha visto nunca, solo es posible intuirlos, escucharlos, adivinarlos a veces. Solo si uno está dispuesto a creer en ellos será capaz de conocer su existencia.

–¿De qué color son? –la corto para dejar claro que no me creo una palabra.

Sofía me mira con dureza, pero la señora ni se inmuta. Sigue a su rollo.

–Cuando la vida está en paz, se limitan a recorrer las copas de los árboles y en ocasiones, solo unas pocas veces al año, bajan al suelo a *sentir* el pulso del bosque. De noche desaparecen, nadie sabe adónde van o en qué se convierten. Son amistosos e incapaces de dañar a ningún ser vivo..., pero hubo un tiempo, durante la guerra, en el que enloquecieron, como el mundo entero.

–¿Qué ocurrió? –quiere saber Sofía.

–¿Quieres decir cuándo empezó todo?

–Sí.

Se toma unos segundos antes de contestar. Aprovecho para echar un vistazo al maldito perro y veo que ha desaparecido.

Quizá sea uno de ellos, me da por pensar.

–Todo empezó el día que mataron a los quince...

Esa referencia a los fusilados hace que preste toda la atención que no estaba prestando hasta ese momento.

–Yo seguía a mi hermano por el bosque cuando los soldados lo llevaron hasta ese claro... –Su bastón se eleva del suelo y nos señala una zona indeterminada de la espesura donde supongo que estará esa tumba que encontré y que dio inicio a esta historia extraña que estoy viviendo–. Me escondí en un árbol alto, pues en aquella época era joven y ágil y me gustaba mucho trepar. Pude ver cómo reunían a aquellos hombres y a los dos chicos. Los soldados los empujaban y algunos se reían. Otros, en cambio, miraban el suelo, avergonzados por lo que iban a hacer. Alfonso no se dio cuenta de lo que pasaba hasta que lo colocaron frente al grupo y le dieron las balas. Vi cómo su mano temblaba cuando apuntaba y estoy segura de que hizo lo posible por no dar a ninguno de los que conocía.

Una nueva pausa y continúa hablando, todavía perdida en lo alto de ese árbol hace muchas décadas.

–Los disparos sonaron como si alguien lanzara piedras grandes contra el metal. Miré a mi hermano y noté que agachaba la cabeza justo con la última detonación. ¡Entonces los vi!

Esto último lo dice casi gritando. El perro levanta las orejas alarmado y retrocede dos pasos minúsculos. Yo estoy a punto de hacer lo mismo, pero veo que Sofía aguanta y no voy a ser yo quien quede como un cobarde.

–Estaban allí arriba, en los árboles, contemplando aquel horror. Algo debió de remover sus espíritus..., tal vez la sangre que bañaba el suelo de su bosque o la frialdad con la que remataban a los heridos. Entonces, sin previo aviso, se oyó un grito terrible en todo el bosque, una mezcla de aullido y rugido que provenía de todas partes, como si todas las criaturas vivas se hubieran puesto de acuerdo en lanzar un bramido al mismo tiempo. ¡Tanta violencia los enloqueció! Los soldados que todavía quedaban en el claro se quedaron paralizados y después salieron corriendo. Solo permanecieron allí los muertos y los seres que aún gritaban desde los árboles. Desde entonces, se alejaron de nosotros y ya nunca se mostraban, ni a los que sabíamos que estaban cerca. Ni siquiera a mí...

–¿Qué pasó después? ¿Cuándo volvieron a ser amistosos?

Miro a Sofía con una mueca. Una cosa es escuchar los delirios de esta anciana y otra darle mecha para que siga creyendo en pitufos feroces de los bosques.

–Llegó el final de la guerra y muchos pensaron que eso los calmaría, pero no fue así, eso solo llegó con el perdón..., pero esa es otra historia y ahora estoy ya muy cansada, así que os pido que me acompañéis de vuelta a mi casa.

Eso sí que nos ha cogido por sorpresa. Lo que quiere es alejarnos de allí para que no encontremos la caja. Sofía me mira y veo que piensa lo mismo, pero no dice nada.

–Déjame que me apoye en ti –me dice poniéndome una mano en el hombro.

Siento un escalofrío y me aparto de golpe.

–Bueno..., no, verá, es que yo... tengo que ir a casa a... a acabar un dibujo que tengo que enviar mañana y...

Me estoy liando. La anciana me mira y veo que no se cree nada de lo que digo.

No me extraña.

–Bueno, no te preocupes, Dima, yo la acompaño –interviene Sofía para salvar la situación una vez más.

La anciana no dice nada, pero me taladra con sus ojos oscuros. Yo hago ver que cojo el camino justo en la dirección contraria que ellas.

El perro las sigue de cerca.

Voy mirando hacia atrás hasta que las veo desaparecer tras la curva. Entonces regreso al campo de girasoles.

–Tengo que encontrar la maldita carta –digo en voz alta sin que nadie, que no sea algún pequeño ratón o un pájaro que sobrevuela el lugar, me escuche.

6. *Imagine*

Mi amado, mi amor, mi todo:

Esta semana ha sido muy difícil para mí. El comité ciudadano de Monistrol capturó hace unos días a un desertor del ejército nacional que vivía en San Gabriel. Las noticias son confusas porque algunos cuentan que se entregó y otros que trataba de huir a Francia y que por la noche se perdió en el bosque. Lo encerraron en la misma iglesia de San Gabriel, que ahora sirve de cárcel.

He ido a verlo y he pasado mucho miedo por si alguien me veía y se lo contaba a mis padres, pero necesitaba saber de ti. Les he dicho a los soldados que era su hermana. Ellos no son de aquí y no saben nada, así que me han dejado pasar.

Era Antonio, de la familia Ribó, y casi me muero de angustia al verlo. Estaba sucio como un perro abandonado, muy flaco, con una barba de varias semanas sin recortar y vestido con unos horribles andrajos de mendigo. Tenía la cara morada por los golpes que le habían dado los soldados y un par de heridas sucias en los brazos y en el cuello.

Solo de pensar en que tú puedas estar igual, se me funde el alma. Me ha contado cosas de la guerra y de esa batalla en el río Ebro. Dice que hay muchos muertos que flotan en el agua como si fueran troncos, hinchados y pudriéndose. Se me ha detenido el corazón cuando me ha dicho que te vio hace un par de meses cuando fue a cargar proyectiles a Gandesa. Me ha dicho que os saludasteis un segundo y que estabas bien. Flaco como él, pero vivo y afeitado. Quiero pensar que lo haces por mí, que sabes que no soporto a los hombres con barba.

Me ha dicho que estabas con la división 50 y que los republicanos dicen que a esos los machacaron cuando cruzaron el río. No me ha contado mucho más, así que le he dado la poca comida que le traía y le he agradecido que no me delatara.

Me muero de preocupación, amor mío. Si te pasa algo, no podré respirar y caeré al suelo muerta como una flor que arrancan de su tallo.

Estés donde estés, piensa en mí y vuelve pronto para que podamos vivir un amor que es más fuerte que mil guerras.

Infinitamente tuya.

Atravesando el camino del cielo suspendido sobre el mar, la materia primera del mundo tiene el color del deseo.

Cuando le he enseñado la carta a Sofía, casi me da un abrazo, pero se ha cortado a tiempo, se ha puesto roja como un tomate y ha dado dos pasos atrás.

Creo que le gusto.

Entonces se lo he contado todo.

–Cuando te has marchado con la mujer loca esa, he pensado que no podía rendirme tan fácilmente, cosa que me ha extrañado hasta a mí. Será que esta historia cada vez me engancha más, yo qué sé. Bueno, el caso es que me he pasado casi media hora buscando por el campo de los girasoles la maldita puerta negra de la que hablaba la carta, hasta que he entendido que había algo que no estábamos haciendo bien, pues allí no había ninguna puerta ni nada parecido. Entonces, me he sentado en el montículo a pensar... y lo he visto.

–¿Qué has visto? –me responde excitada y totalmente repuesta de su ataque de vergüenza.

–El lugar donde estaba la maldita puerta negra.

–¿Dónde?

La estoy haciendo sufrir un poco y disfrutando con ello.

–Tan cerca que parece mentira que no la viéramos.

–¿Dónde?

–Muy muy cerca.

Me da un puñetazo suave en el hombro.

–¡No seas idiota y dímelo de una vez!

–¿Recuerdas lo que decía la carta?

–¡Claro! Decía que la puerta negra abría la entrada y...

–¡No! No decía eso. Lo que decía la pista era que «en la mitad del camino, la puerta negra abre la entrada». ¡Por eso no la encontrábamos!

–No te entiendo, Dima.

–¿Y tú eres la de los ocho sobresalientes?

–¡Venga ya!

Parece que esta vez su enfado va en serio, así que se lo revelo sin darle más vueltas.

–Cuando recordé eso de «en la mitad del camino», me di cuenta de que estábamos buscando la puerta en el lugar equivocado. Lo del montículo es una referencia para reconocer el campo de girasoles, para no confundirlo con otro.

–¿Confundirlo? ¿Cuántos campos de girasoles crees que hay por aquí?

–¡Yo qué sé! A lo mejor en aquella época había más de uno, o la chica quería asegurarse de que su novio lo encontrara. ¡¿Cómo voy a saberlo?!

–¡Vale, vale!

–Bueno, pues desde allí arriba he situado lo que sería más o menos el centro de aquel campo y me he ido hacia allí. Estaba todo cubierto de maleza y de hierbas que me llegaban hasta la rodilla, de manera que apenas podía ver el suelo. Casi me caigo dos veces...

–¡Pobre! –dice sonriendo, lo que hace que yo también sonría.

Ella es así.

–Bueno, el caso es que allí en medio, por extraño que te parezca, había enterrada una cosa metálica de color negro. La he visto porque iba fijándome y sobresalía un poco. Me ha costado mucho desenterrarla porque era bastante grande. Al final la he sacado y casi se me deshace en las manos porque estaba podrida y llena de agujeros y...

–¿Qué era? –me pregunta impaciente.

–Una especie de cubo o de palangana con una tapa. Como si fuera un orinal gigante..., todo negro.

–¡Venga ya! ¡Te lo estas inventando!

–¡Que no, que no! ¡Te lo juro! Mira la foto que he hecho con el móvil.

–No se ve muy bien –me dice tras mirar ese bulto que he fotografiado a contraluz.

–Ya, es que este móvil tiene una cámara que es una porquería, pero puedes hacerte una idea. Esa cosa estaba del revés, con la tapa hacia abajo, aunque a lo mejor es que iba así, no lo sé. El caso es que dentro he encontrado la caja.

–¿Y qué se supone que hacía allí en medio una cosa como esa?

–¡No tengo ni idea! Lo he estado pensando un buen rato, pero no se me ocurre nada. A lo mejor ella lo llevaba para disimular y decidió enterrarlo todo junto...

No me cree y no me extraña. A mí también me ha costado creer lo que veía hasta que me he decidido a abrirlo y me he encontrado con la caja, mucho mejor conservada que las otras, ya que todavía tenía buena parte de la pintura amarilla e incluso era posible distinguir un paisaje pintado en la tapa.

Era un paisaje marino, con olas suaves besando una playa dorada. Dentro he encontrado más semillas y una especie de cordón podrido que ya no tenía ningún color.

Sofía sigue sin creerme del todo, aunque la emoción por la aparición de una nueva carta hace que centre su atención en lo que cuenta y en la posibilidad de seguir ese juego de pistas que está convirtiendo un verano que yo preveía aburrido en algo muy diferente.

Diferente y casi diría apasionante.

Una palabra que yo apenas utilizo nunca..., solo cuando dibujo.

Ella, por su parte, me ha contado el viaje que ha hecho acompañando a la anciana –se llama Leonor– hasta su casa. Al parecer, casi no ha querido hablar con ella, ni contarle nada más de esos seres que parece conocer tan bien.

–Solo me ha dicho que si creemos en ellos, algún día los intuiremos por aquí cerca...

–Está fatal esa mujer... Bueno, ¿qué te parece? ¿Vamos a por la siguiente carta?

Sofía arruga la frente y sus ojos se apagan un poco. Me dice que mañana tiene que irse a pasar tres días a la costa con su familia como hacen todos los años. Visitarán a unos amigos que tienen un apartamento en La Escala y volverán el domingo por la noche. No me lo había dicho hasta ahora porque esperaba que al final no fueran, ya que uno de los niños de la familia estaba enfermo, pero al parecer se ha recuperado lo suficiente.

–Vete tú a por ella –me dice con resignación.

–¡Ni hablar! –le respondo sin ni siquiera considerarlo–. Esperaré a que vuelvas e iremos juntos. Después de tantos años allí, podrá esperar unos días más.

Sus ojos vuelven a brillar, incluso más que antes.

Me mira con algo que no es solo amistad.

Yo la miro de forma parecida.

¡¿Qué estoy haciendo?!

Nos despedimos hasta su vuelta y me meto en casa de mal humor, aunque no acabo de saber el motivo. A veces me pasa...

El resto de la tarde y la mañana del sábado se hacen largos, aunque trato de pasarlos dibujando. Estos días han sucedido muchas cosas que merecen mi atención, aunque también me mantienen inquieto y descentrado. Lo mejor que puedo hacer ahora es dejar que las imágenes acudan a mi cabeza y que se formen los escenarios y las composiciones que quiero plasmar. Mi evolución creativa funciona así, dejando que las piezas encajen antes de ponerme a dibujar. Después, muchas veces durante el proceso de trasladar las ideas al papel, surgen caminos nuevos que no habían aparecido antes y que me llevan a resultados algo diferentes, aunque la estructura principal se mantenga.

He empezado a dibujar cuando lo he tenido claro y ya no he podido parar hasta el final. La escena es el lecho de un río medio seco plagado de cadáveres. Los zombis deambulan por él devorando las vísceras y los miembros de los muertos. Se disputan el festín con algunos perros salvajes de largos colmillos que parecen lobos y que también han acudido a saciar su hambre. Los cuerpos van vestidos de uniforme, aunque se distingue con claridad que se trata de soldados de dos ejércitos diferentes que han quedado abandonados después de una batalla muy violenta. Aunque no acostumbro a utilizar colores, esta vez tiño suavemente el río de rojo, consiguiendo un efecto visualmente muy potente. El cielo está cargado de nubes oscuras y una tenue luz de luna se adivina tras ellas.

Mamá ha subido un par de veces a mi habitación a ver si estoy bien. Me ha traído algo de comer y ha salido moviendo la cabeza con resignación al ver lo que dibujaba. No entiende mi visión del mundo, dice que es demasiado tétrica, demasiado oscura.

Tal vez tenga razón, pero es como yo lo veo.

Después de comer he ayudado a mi padre a limpiar el trastero y a bajar algunas cosas que estaban allí tiradas, como una mecedora antigua en la que el abuelo solía pasar horas balanceándose sin mucho sentido.

–La restauraremos y la pondremos en el comedor. Tu madre estará contenta de verla nueva y recordar a su padre –me dice papá con convencimiento.

No estoy muy seguro de que los recuerdos que le vengan a la cabeza a mamá cuando la vea sean buenos, pero no quiero desilusionarlo, ya que parece convencido de que es una gran idea.

A pesar de ser sábado y de no saber hasta qué hora está abierta la biblioteca, no he podido resistir la tentación de ir a enseñarle mis dibujos a Alfonso. Aunque apenas lo conozco, la historia que nos contó me ha dejado impactado y ha logrado que me cayera bien. Tal vez sea por su manera de afrontar la vejez, tan distinta de la que pude experimentar con mi propio abuelo, o tal vez sea porque ahora sé todo lo que ha visto y lo que ha vivido.

Por el camino me cruzo con Alberto y Raúl, a los que no había visto desde que quedamos para pescar. Charlamos, les enseño mis dibujos y ambos me dicen que son muy buenos. Quedamos en que un día les mostraré mi álbum, donde guardo los que realmente me gustan.

Llego a la biblioteca y compruebo que, aunque ya está cerrada, dentro todavía se ve luz. Me acerco a la puerta de cristal y enseguida veo a Alfonso ordenando unas revistas. Me saluda con la mano y me abre, invitándome a entrar.

–En casa nadie me espera, así que siempre me entretengo por aquí.

–He venido a enseñarte esto –le digo sin más preámbulos, plantándole el dibujo en los morros.

Por alguna razón, estoy deseando conocer su opinión.

Mira el folio DIN A3 con rapidez, apartándoselo exageradamente de la cara, y después me pide que nos sentemos en una mesa de la sala de lectura. Saca unas gafas de su bolsillo y se las pone.

–Sin ellas, es como si todo lo viera en medio de la niebla.

Examina con detenimiento el dibujo y después vuelve a guardar sus gafas en la camisa. Se toma unos segundos para reflexionar antes de hablar.

–No hay duda de que son buenos, eres un gran dibujante, Dima. No acabo de entender del todo la escena, pero está claro que sabes cómo reflejar lo que quieres plasmar en el papel. Sin embargo...

Se detiene y me mira durante unos segundos. Yo prefiero no comentar nada de momento.

–Bueno, verás, esta visión tan cruel, tan despiadada..., me cuesta comprender de dónde sacas esa manera de reflejar un mundo que no conoces.

–Es mi visión de la vida y...

–¡No digas eso! La vida no es así, no puede serlo, aunque a veces lo parezca, aunque la muerte sea parte de ella, una parte muy importante. Pero la vida es mucho más que un anticipo de la muerte, es mucho más luminosa. Es como si te fascinara esa oscuridad, como si creyeses que la conoces.

Me encojo de hombros porque no voy a ponerme a discutir lo mismo que ya he repetido una y mil veces a muchos adultos que me sermonean con esa misma idea.

Me parece que él lo capta enseguida, porque no continúa por ese camino.

Saca una pequeña cajita que lleva en el mismo bolsillo que las gafas y extrae una pastilla de color rosa que se mete en la boca.

–Esto y navegar por internet es lo que me mantiene con vida.

Sonríe y es como si de repente rejuveneciera setenta años. Casi me permite adivinar cómo era cuando tenía más o menos mi edad y cogió por primera vez un rifle viejo para participar en una guerra.

–Mira, no voy a darte la paliza con moralinas absurdas. No voy a vivir mucho ya y no será a mí a quien hagas caso cuando crezcas, de manera que tú decidirás con qué lado de la vida te quedas. Aun así, déjame que antes te pregunte algo: ¿alguna vez has visto un cadáver como los que dibujas?

–Bueno, en la tele...

–No, no me refiero a esos pobres que también sufren el horror en sitios como Siria o Somalia..., me refiero a muertos de verdad.

–No.

–¿Has presenciado la matanza del cerdo en algún pueblo? Me han dicho que en ciertos sitios ahora es una atracción turística ver cómo los degüellan y los destripan.

Arrugo la frente, pero respondo con rotundidad.

–No.

Toma un sorbo de agua para tragar la pastilla y continúa.

–Voy a contarte algo que jamás he confesado a nadie. Es algo que me sucedió en la guerra y que tú interpretarás como te dé la gana...

Durante unos segundos levanta la vista y se pierde en sus recuerdos.

–Cuando me enviaron al frente, maté a algunas personas, ni siquiera sé a cuántas. Sin embargo, no me sentí mal por ello, pues me repetían una y otra vez que eran enemigos, seres malvados que querían acabar con nuestra libertad y con la democracia. Yo la verdad es que no entendía ni siquiera la mayor parte de las palabras que utilizaban mis compañeros para justificar el motivo por el que estábamos allí, pasando frío y hambre, en lugar de estar jugando al fútbol o persiguiendo a chicas en nuestros pueblos. Además, se trataba de escoger entre sus vidas o la mía, y te aseguro que era una elección muy fácil allí.

–¿Pasó miedo?

–No me trates de usted, por lo menos no mientras estemos sentados en una biblioteca de pueblo un sábado por la tarde contando batallitas. ¿Que si pasé miedo? Tanto que ya ni siquiera lo notaba, solo cuando caían las bombas y la tierra temblaba era consciente del terror atroz en el que viví todos esos meses. Bueno, a lo que iba, matar a distancia era sencillo: apuntabas y apretabas el gatillo. Alguien moría, pero no tenía cara, ni nombre, ni sabías nada de él. La mayoría de las veces ni siquiera estabas seguro realmente de haberlo matado. Vi muchos cadáveres y muchas vísceras de estas que te gusta tanto dibujar.

Señala algunos detalles del dibujo con un dedo arrugado y algo tembloroso. Me pregunto si he hecho bien en hacerle recordar todo aquello. Pero sigo fascinado por saber el final de esa historia tan sangrienta y real.

–Al final, te acostumbras a todo, así que simplemente dejé de sentir nada al contemplar a personas sin cabeza o con el pecho reventado. Vi auténticos ríos de sangre... –me dice señalando mi dibujo en el papel–. Montañas de cadáveres. Pero me estoy desviando del tema... Yo quería contarte un episodio concreto que todavía aparece en mis sueños cuando me queda ya tan poco tiempo para soñar. Ocurrió casi al final de la guerra.

De repente se pone en pie y pasea lentamente por la sala. La luz del atardecer se vuelve anaranjada y el cielo se oscurece poco a poco.

Alfonso decide volver al campo de batalla.

–Yo andaba por entonces cerca de Tarragona, tratando de seguir la lucha en una guerra que ya estaba perdida desde hacía mucho. Los nacionales habían barrido a nuestro ejército en el Ebro y era cuestión de tiempo que acabaran con todo aquello. Nuestra unidad caminaba por una carretera secundaria en dirección sur, en teoría para ir a apoyar a nuestros compañeros en una zona cercana a..., ya ni me acuerdo de la ciudad. Avanzábamos descuidadamente por el centro del camino cuando, de repente, apareció un avión enemigo de detrás de las montañas. No tuvimos casi ni tiempo de verlo antes de que empezara a ametrallarnos. Corrimos cuanto pudimos para alejarnos de allí, para ocultarnos tras un repecho que se distinguía en el terreno. Por aquel entonces, unidades del ejército enemigo se habían establecido en nuestro margen del río y se adentraban en el territorio para reconocer el terreno antes de la invasión general o para tender trampas a unidades como la nuestra. El avión disparaba sin tregua y nos conducía como borregos hacia donde nos esperaba una emboscada. Nos dimos de morros con una unidad compuesta por legionarios y por mercenarios africanos llegados de Ifni o del Sáhara. Estos eran los más crueles, los más sanguinarios de todos y..., bueno..., no supusimos un gran problema para ellos. El mayor de mi grupo creo que era un chico de Altafulla que no tendría más de veinticinco años. No tardaron en acabar con nosotros. Mataron a muchos de mis compañeros e hicieron un montón de prisioneros.

–¿Qué hiciste tú?

–Bueno, la verdad es que cuando los vi lanzarse como hienas sobre los primeros que llegaron donde ellos se escondían, me quedé paralizado. No sé por qué nadie me disparó, así que estuve lo que me parecieron mil años, aunque no fueron más que un par de minutos, caído de rodillas, observando la matanza y esperando recibir un tiro o una cuchillada. Pero no llegó, de manera que acabé por hacerme el muerto y cubrirme con los cuerpos de algunos de mis propios compañeros, esperando que todo aquello acabara. Los legionarios tenían prisa por ir a no sé dónde, de manera que enseguida reanudaron la marcha llevándose a los prisioneros. Un par de los africanos se quedaron allí y paseaban entre los caídos, rematando a los que todavía se movían.

Toma un nuevo sorbo de agua mientras yo intuyo que ahora viene lo peor.

No me he movido ni un centímetro de mi silla.

–La munición era un bien escaso, de manera que remataban a los heridos clavándoles la bayoneta en el cuello o en el estómago. En este último caso, la muerte te alcanzaba lentamente, entre terribles dolores. Yo *oía* cómo el metal penetraba y se abría paso entre las vísceras de mis compañeros. Escuchaba como un burbujeo cuando la bayoneta atravesaba el intestino o destrozaba el hígado. Segundos después, empezaba el olor..., un hedor nauseabundo que jamás podré olvidar.

Se detiene unos instantes y yo aprovecho para tragar saliva.

–¿Qué ocurrió?

–Supe que iba a morir destripado como un perro..., como un cerdo, mejor dicho. La visión de mis propias vísceras desparramadas por el suelo, como esas que tú dibujas tan bien, me infundió tal terror que consiguió arrancarme de mi estado. Me di cuenta de que con mis manos todavía agarraba el fusil, que ni siquiera había utilizado, de manera que esperé a tener a aquel matarife muy cerca y le descerrajé un tiro en la cara. Me levanté de debajo de los cadáveres antes de que el otro pudiera reaccionar y volví a disparar. No le di, pero huyó tan rápido como pudo. Vomité una y mil veces y me marché de allí sin volver la vista atrás..., pero te juro por lo que más quiero que jamás olvidaré el sonido de esas burbujas ni el acre olor de un estómago reventado. Por eso te preguntaba si habías visto algo parecido, por la familiaridad con la que lo dibujas.

No sé qué decir, me he quedado tan impactado por su relato macabro que ahora estoy... No sé ni cómo estoy. Algo se mueve en mi garganta, amenazando con salir.

Él se da cuenta, aunque creo que precisamente eso es lo que buscaba.

–Vamos, levántate y acompáñame, así te despejas de tanta muerte.

Me sonríe, pero es como si acabara de darme dos puñetazos en el vientre. Lo acompaño sin dejar de escuchar un burbujeo rebotar por mi cabeza. Pasamos a la otra sala mientras mi dibujo y mi río sangriento quedan en la mesa.

Abandonados.

Recorremos aquel espacio rectangular hasta llegar a una especie de reservado bastante pequeño donde se amontonan periódicos del día y otros atrasados junto con varias revistas de coches y de moda. También veo ejemplares del *National Geographic* y de algo que parece una revista de historia.

–Aquí solo entran adultos a leer en paz –me aclara.

Llegamos a la pared del fondo y entonces veo por qué hemos venido hasta aquí. Cubriendo un buen trozo de un panel blanco que cuelga desde el techo hay dos fotos bastante grandes, tal vez de medio metro de alto. Son antiguas, de dos personas diferentes, con uniformes diferentes y en posturas y lugares diferentes. Lo que tienen en común es que ambas están muertas, tiradas en el suelo, con la expresión vacía propia de quienes han perdido la vida. A los pies de las fotos hay un montón de frases escritas, pero antes de empezar a leerlas, pregunto:

–¿Qué es?

–Es de una exposición contra la guerra que hicieron los del instituto hace un par de años y que se quedó aquí de forma permanente.

–¿De qué bando son? –le digo señalando los cuerpos de los dos hombres.

Alfonso me apoya la mano en el hombro, suavemente, con cariño, dándome seguridad en un momento en el que me siento muy impactado por la terrible historia que me ha contado.

–Los muertos no tienen bando, hijo. Los muertos son su propio bando.

Poco a poco, se retira y me dice:

–Puedes quedarte el rato que quieras. Cuando termines, estaré en la recepción ordenando fichas.

La tarde va dando paso a la noche de un verano que se ha convertido en un tiempo para asumir algunas realidades que antes no había visto. Miro las fotos y una imagen borrosa se forma en mi cerebro, dos cuerpos enlazados, cogidos de la mano, con uniformes distintos..., trazos gruesos... Lo almaceno para otro momento, para un nuevo dibujo.

Leo las frases despacio, una por una, tratando de asumirlas. Algunas tienen autor y otras son anónimas.

EL **DIABLO** ES **OPTIMISTA** SI CREE QUE PUEDE HACER **PEORES** A LOS **HOMBRES**.

Karl Kraus

LA GUERRA VUELVE ***ESTÚPIDO*** AL VENCEDOR Y ***RENCOROSO*** AL VENCIDO.

Friedrich Nietzsche

UNA **BUENA** CAUSA NO HACE QUE LA GUERRA SEA **JUSTA**.

EN LA GUERRA LOS **PADRES** ENTIERRAN A LOS **HIJOS**. LA **GUERRA** CAMBIA EL ORDEN DE **TODO**.

LOS MUERTOS SON LOS ÚNICOS QUE VEN EL FINAL DE LA GUERRA.

*El hombre **común y corriente** también se alegra de hacer la guerra. Si así no fuera, hace tiempo que los pueblos se habrían rebelado.*

ANA FRANK

*SE NECESITAN **DOS** PARA HACER UNA **PAZ**, Y SOLAMENTE **UNO** PARA HACER UNA **GUERRA**.*

Paul Valéry

EL **ÚNICO** MEDIO DE **VENCER** UNA GUERRA ES **EVITARLA**.

La guerra solo es atractiva para aquellos que no la han experimentado.

Erasmo de Róterdam

LA GUERRA ES UN CRIMEN

EN EL QUE ESTÁN RESUMIDOS TODOS LOS CRÍMENES.

LA VIOLENCIA ES EL **MIEDO A LAS IDEAS** DE LOS DEMÁS Y LA **POCA FE** EN LAS PROPIAS.

EXPLÍCAME TÚ QUIÉN GANA CUANDO SE ACABA LA GUERRA. A LOS MUERTOS LOS ENTIERRAN **GANADORES**, **PERDEDORES**, DA IGUAL DEL MANDO QUE SEAN.

EN LA GUERRA **COMO EN EL AMOR,** PARA ACABAR ES NECESARIO **VERSE DE CERCA.**

NAPOLEÓN

NO HAY CAMINOS PARA LA PAZ; **LA PAZ ES EL CAMINO**

Ghandi

Debajo, un gran letrero en blanco y negro hecho por niños con lo que creo que es el título de una canción y un par de párrafos de la letra:

NADA POR LO QUE
MATAR O MORIR

IMAGINA A TODO EL
MUNDO VIVIENDO LA
VIDA EN PAZ...

7. El amor tiene nombre

Se lo he contado todo a Alfonso, lo de las cartas, lo de los seres mágicos, lo de la aparición de su hermana. No podía hacer otra cosa después de lo que él me ha relatado sobre su experiencia en la guerra, me parecía que estaba como engañando a alguien que ha sido capaz de compartir conmigo todo lo que llevaba dentro desde... ni soy capaz de calcularlo.

Y ha sido una buena idea, porque resulta que él sabe quién era la chica de las cartas.

Pero antes de eso, ha sucedido algo increíble que me ha ayudado a acabar de decidirme a contarle la historia desde el principio.

Ha sido una revelación y para mí cierra un capítulo familiar que era un misterio y que ahora ha desvelado que tenía su origen en una gamberrada infantil ocurrida justo antes de que la vida se volviera muy dura aquí.

Todo ha pasado por casualidad, ya que, después de pasarme un rato observando las fotos y las frases en la biblioteca, he vuelto a la otra sala a repasar mi dibujo. Extrañamente, no he conseguido verlo con los mismos ojos que cuando lo he hecho. Ahora, los cuerpos mutilados ya no me parecían solo figuras inventadas porque imagino..., no, mejor dicho, ahora conozco cómo fue la realidad y esos cadáveres ya no son tan anónimos, tienen cara y sufren por el dolor.

Así que lo he dejado, en ese momento no me sentía cómodo con él.

Me he puesto a ojear un manga que he encontrado por ahí mientras Alfonso acababa de recoger las cosas. Le he propuesto acompañarlo a casa y ha aceptado encantado. Mientras dibujo, a menudo canturreo o silbo alguna canción, lo hago de manera del todo inconsciente. Eso también me sucede a veces cuando leo, así que, cuando se me ha acercado Alfonso a preguntarme bruscamente qué canción era esa, ni siquiera sabía de lo que me estaba hablando.

He levantado la vista y he visto que tenía el rostro desencajado, como si acabara de ver a uno de mis zombis allí mismo.

–¿De dónde has sacado esa melodía? –me ha repetido claramente alterado.

He intentado recordar qué canción estaba murmurando con los labios cerrados. ¡Era la del abuelo! La que repetía de forma constante en sus últimos años de vida. Llegué a escucharla tantas veces que al final consiguió que se me pegara sin darme yo ni cuenta.

–La canturreaba siempre mi abuelo cuando el alzhéimer estaba bastante avanzado.

Alfonso se ha sentado como abatido, moviendo la cabeza a un lado y al otro.

Estaba aturdido.

–¿Sabes qué canción es esa? –me ha preguntado cuando se ha recuperado un poco.

–Ni idea.

–Es de los años treinta...

De repente se ha puesto a cantar la melodía en voz alta y ronca, pero no me ha parecido que disfrutara haciéndolo.

–El verano antes de que estallara la guerra, vino al pueblo para la fiesta mayor una cantante de la época bastante conocida. Se llamaba Lolita y venía acompañada por la orquesta La Tenora. Esa canción triunfó ese año por varias razones, pero la principal fue que el día de la actuación, algunos de nosotros decidimos intervenir en las fiestas y...

–¿Quiénes erais esos «nosotros»?

Alfonso me ha mirado como si acabara de darse cuenta de mi presencia allí.

–La mayoría de los chicos del pueblo entre los diez y los quince años. Este es un sitio pequeño y todavía lo era más por aquel entonces, así que íbamos juntos a todas partes. Muchos marcharían poco después a la guerra y no volverían. Tu abuelo también estaba, y el chico que murió fusilado. Éramos amigos, vecinos, compañeros de juegos y de gamberradas.

He tratado de imaginar al grupo y me cuesta entender que pocos meses después se mataran unos a otros.

Me cuesta mucho.

–Esa tarde, mientras unos vigilaban, tu abuelo, un chico llamado José y yo nos encargamos de colarnos debajo de la tarima que habían montado en la plaza y aflojamos uno de los plafones centrales de madera que formaban el suelo donde la orquesta tenía que tocar. Por la noche, mientras medio pueblo bailaba, el músico del saxo trataba de impresionar al público con un solo espectacular. La cantante se le acercó contoneándose y entonces... el plafón del suelo cedió y se tragó al del saxo, que, en su caída, trató de sujetarse a la tal Lolita, con tan mala suerte que solo acertó a agarrarle el vestido brillante que llevaba. Con la fuerza de la caída, se llevó la tela con él, dejando a la cantante en ropa interior en medio del escenario. ¡Fue increíble la que se montó!

Su sonrisa era ya del todo abierta, esos recuerdos le han devuelto el ánimo.

–¿Qué pasó?

–Bueno, todo el mundo se alteró mucho, la actuación se suspendió y la orquesta se marchó prometiendo no volver a poner sus pies en «este pueblacho». ¡Ja, ja, ja! Las mujeres exigieron una investigación que no llegó a nada, pues, aunque nos interrogaron, ninguno de nosotros se chivó. Desde entonces, esa melodía fue como una clave entre todo el grupo, una manera de recordar nuestras gamberradas infantiles. Cuando nos cruzábamos por el pueblo en presencia de los adultos, silbábamos o tarareábamos la canción y nos reíamos entre nosotros. Fue uno de nuestros mayores triunfos, ya ni me acordaba de todo aquello.

–Pues el abuelo debió de recordarlo durante mucho tiempo porque no dejaba de tararearla. El médico le explicó a la abuela que la enfermedad iba de delante hacia atrás, es decir, que lo primero que borraba eran los recuerdos recientes y los últimos que atacaba eran los de la infancia. Tal vez las canciones de cuando eres niño se almacenan en un lugar más escondido o puede que queden mejor grabadas.

–Qué curioso eso que cuentas, no lo sabía...

–Sí, esa enfermedad hace cosas raras.

–La mayoría de los chicos que participaron en esa travesura murieron en la guerra o jamás volvieron al pueblo una vez terminó. Muchos se vieron en bandos enfrentados y, como en mi caso, acabaron incluso matando a sus antiguos compañeros. Como ya te he intentado explicar, la guerra es la peor de las conductas humanas.

–Ya lo veo.

–Muchas vidas fueron destrozadas y no solo en el frente, entre los soldados. Los que se quedaron aquí también sufrieron por la separación y por toda la miseria que destapó la maldita contienda.

Ha sido después de explicarme esa historia cuando me he decidido a contarle lo de las cartas.

Me ha escuchado con atención, pero sin mostrar una excesiva sorpresa, como si ya hubiera oído hablar de esa historia. El teléfono ha sonado dos veces, pero ni se ha molestado en ir a contestar. Era evidente que el tema le interesaba, y cuando he terminado, me ha mirado fijamente de esa manera suya tan especial.

–Cuando la muerte se acerca, alguien debe cerrar los círculos que han quedado abiertos en cada vida. A veces podemos hacerlo nosotros mismos y a veces necesitamos ayuda... –me ha dicho después de sentarse a mi lado en una especie de butaca que hay en la recepción de la biblioteca.

»En mi caso –ha continuado–, está claro que el encargado de cerrar los míos eres tú. Ignoro la razón, pero es así. Lo has hecho hace un momento con la canción de tu abuelo y ahora con esta historia de las cartas de Rosalía.

–¿Rosalía?

–Así se llamaba ella.

Rosalía..., la escritora de cartas de amor ya tiene nombre.

Es un nombre bonito, sencillo, dulce.

Seguramente como era ella.

–Rosalía era una chica preciosa, hija pequeña de los Molina, unos payeses que vivían cerca de aquí, en un caserón ruinoso que antes había en la entrada del pueblo. Era bajita y muy morena, con esa chispa que algunas chicas tienen sin ser muy conscientes de ello. Medio pueblo estaba enamorado de ella...

–¿Tú también?

No me contesta.

–Todos lo estaban, aunque unos más que otros –me dice sin especificar más–. El caso es que ella decidió por su cuenta y eligió a quién amar, a uno que luchó con los nacionales, aunque eso no es muy extraño, porque bastantes del pueblo acabaron haciéndolo.

–Eso parece, por lo que escribió en las cartas. Cuéntame más cosas sobre Rosalía.

–Cuando éramos niños, era de las que se escapaban al bosque con nosotros a jugar a subir a los árboles o al escondite. Le encantaba explorar sitios nuevos y era un poco temeraria a veces. Recuerdo una ocasión en la que encontramos un salto nuevo en el río mucho más arriba de donde están las bañeras... ¿Conoces las bañeras?

Le digo que sí con la cabeza y continúa.

–Nadie se atrevía a saltar porque no se veía si estaba lo suficientemente hondo o no. Pero ella no se lo pensó dos veces y se lanzó con vestido y todo antes que ninguno de los chicos. Además, era divertida y muy trabajadora, su padre la adoraba.

Creo que Alfonso también.

–Cuando creció, se convirtió en una preciosidad, aunque a veces tenía muy mal carácter y era tozuda como una mula. Una vez tomaba una determinación, no había quien la hiciera cambiar de opinión..., como habrás podido comprobar seguramente por las cartas. Escogió a su amor y siguió fiel a él incluso en las circunstancias más difíciles, en plena guerra y estando ambos en bandos enfrentados. En realidad, su familia era más bien republicana, pero eso no fue ningún problema porque en el pueblo había un poco de todo y lo que nos unía era mucho más que lo que nos separaba. Sin embargo, cuando la guerra empezó a mostrar los horrores que traía consigo, todo cambió. Los asesinatos, los bombardeos, el hambre..., todo eso provocó que un profundo odio se apoderara de unos y de otros. Estoy seguro de que debieron de prohibirle seguir esa relación, aunque ella no se rindió, nunca lo hacía.

–¿De qué color tenía los ojos? –le pregunto para poder imaginármela.

–Marrón oscuro, muy profundos, muy brillantes. Cuando te miraba fijamente, sentías un estremecimiento por dentro que...

–Tú estabas enamorado, ¿verdad?

Lo he dicho casi sin pensar, por pura intuición.

Alfonso me mira y una sonrisa triste se forma en sus labios.

–Sí, para qué negarlo. Es una historia muy antigua que pensaba que estaba más que terminada, hasta que has aparecido tú. Sí, estaba enamorado de ella, la amaba con locura, seguramente más que ninguno de los del pueblo. Un día me atreví a decírselo, pero ella me miró con cariño, me puso una mano en la mejilla y me dijo que su amor estaba destinado a otro.

–¿Le preguntaste a quién?

Parece que duda un instante.

–No, qué más me daba a quién si no era yo. La cuestión es que seguí amándola durante los años de la guerra, cuando podía regresar al pueblo de permiso y ella me traía algo de comida y se quedaba un rato a charlar y a escuchar mis pesadillas. La seguí amando cuando regresé y ya no pude encontrarla, pues su casa estaba destruida y nadie sabía adónde habían ido los Molina.

Mantengo el silencio mientras él se pierde en el rostro de esa mujer a la que amaba. Me encantaría ver sus rasgos, dibujarla... Tal vez lo intente.

–La busqué durante mucho tiempo, pero aquellos eran meses convulsos en los que miles de personas vagaban por los caminos para volver a sus casas o para marcharse del país. Solo una vez me llegó una pista, un sobre a su nombre que alguien dejó en casa de mi hermana por error y que iba dirigido a Rosalía. En el interior solo encontré una nota escrita con letra masculina que le pedía que lo esperara en el parque de la Ciudadela de Barcelona los domingos a mediodía. Fui allí muchas semanas acompañado de Leonor, pero ella no apareció. Y ya no supe nada más hasta que has llegado tú para cerrar también ese círculo.

–¿Has vuelto a enamorarte después? ¿Te casaste?

Me mira con aire burlón, como sorprendido de que me atreva a preguntarle eso.

Yo también estoy sorprendido.

Pero la pregunta está hecha.

–No, no me casé y nunca me enamoré, por lo menos no como lo estaba de ella. Así que si lo que quieres preguntar es si he estado soltero desde entonces por ella, la respuesta es que supongo que sí. No espero que alguien de tu edad y de tu generación lo entienda, pero ese amor fue tan intenso que jamás he encontrado nada que se le acercara y no me he conformado con un amor más ligero, menos profundo.

Recuerdo esas mismas palabras o muy parecidas escritas por Rosalía.

Amor profundo.

Creo que tenía ganas de contarlo, de confesárselo a alguien después de tantos años. Le pregunto si quiere ver las cartas y me dice que no.

–No me queda mucho tiempo en este mundo ya, así que no voy a complicarme la vida más de lo necesario. El pasado es el pasado y las cosas deben permanecer enterradas en su propio momento.

Es curioso que diga eso, me hace pensar si estamos haciendo bien desenterrando las cajas y con ellas un pasado doloroso para mucha gente. Sigo prestándole atención.

–Pero basta de hablar de mis amores, que ya no corresponde. Háblame de ti, de cómo te manejas en este campo. ¿Algún «amor profundo» en tu vida?

No le contesto de momento. Salimos a la calle y activa la alarma.

–La bibliotecaria siempre me dice que la ponga, aunque a mí me parece absurdo –me dice riendo–. ¿Quién va a querer robar en una biblioteca? ¡Ojalá la gente robara libros!

Caminamos despacio por la calle principal, que es la carretera. Los turistas pasan por aquí con sus coches y ni siquiera se giran a echar un vistazo, solo preocupados de llegar a sus destinos y lanzarse a no hacer nada.

–¡No pienses que me he olvidado de la pregunta! –me dice cuando llevamos un rato caminando.

–Bueno, no sé qué contarte. Yo voy tirando, aunque tampoco mucho, no creas.

No dice nada, dándome tiempo por si quiero hablar claro realmente.

Como ha hecho él.

Creo que se lo debo.

–En realidad no me va muy bien, me parece. He tenido algunas... ¿novias? –le pregunto para saber qué lenguaje debo usar.

–Novias, compañeras, como tú quieras. Soy viejo, pero no tonto, y además navego por internet.

–Vale, perdona. Bueno, sí, alguna novia, no muchas, la verdad, y no me han durado demasiado. Yo creo que el problema es mío, ¿sabes?

–¿Problema?

–Me falta... No sé cómo decirlo. Marta siempre me decía que me faltaba compromiso con las cosas y seguramente tenía razón.

–¿Marta?

–Una novia que tuve hace poco.

–No es falta de compromiso lo que veo en tus dibujos. Tal vez no sea el tipo de visión que a mí me gusta, pero seguro que no les falta riesgo. De alguna manera, cuando los haces te la juegas, y eso no pasaría si no te importase nada.

–Ella no se refería a eso, sino a cómo me comportaba con ella y con nuestro rollo.

–¿Y cómo te comportabas con ella?

–A veces sentía que no me importaba mucho si salíamos o lo dejábamos.

–Pero seguías con ella, con esa Marta.

–Sí, seguía con ella porque... Bueno, en realidad no sé muy bien por qué. Supongo que era cómodo y me hacía sentir más *normal*.

–No dejes que las etiquetas te dominen porque eso es lo que nos pierde. Normales, guapos, listos, inútiles..., nacionales, republicanos. Cuando nos etiquetamos, dejamos de ser personas concretas y somos como uno más de la masa, anónimos y más fáciles de dominar y también de matar.

Hace una pausa en su discurso.

–Pero, en fin, no hablábamos de eso, me contabas que no tenías claro tus motivos para seguir con esa chica, ¿no?

Asiento con la cabeza.

–Entonces lo que te faltaba no era compromiso, sino honradez, honestidad para reconocer que no la querías como ella se merecía.

–¿Tú crees?

–Si la amaras como deberías, no dudarías sobre la razón por la que estabais juntos.

–Puede ser, pero ¿qué se suponía que debía hacer? ¿Decírselo y dejarlo estar?

–Sí, eso habría sido mucho más honesto para ambos. Créeme, llegará el día y la persona con la que no te importará comprometerte, con la que no tendrás dudas. Entonces, será como cuando dibujas, no existirá nada más en el mundo. Vivirás y respirarás para ella, para verla, para adivinar qué piensa y qué necesita.

–Un poco exagerado, ¿no?

–Lo dices porque nunca lo has sentido, pero ese momento te llegará, no lo dudes.

Lo miro con escepticismo y él se da cuenta.

–¡Que sí! ¡El amor te llegará cuando te toque!

–Veremos.

–Ese día tal vez te acuerdes del abuelo pesado de Viladoms.

Nos despedimos y regreso a casa dando un rodeo. Esta ha sido una tarde muy intensa para mí. Alfonso está consiguiendo que algunas de las cosas que yo creía fijas no lo sean ya. Pienso en Marta y en las veces que ella debe de haberse sentido decepcionada por mi manera de actuar, por mi indiferencia.

–*Tienes algo dentro bastante frío, Dima. A veces es como si nada pudiera hacerte daño, como si nada te importara demasiado.*

Tal vez tuviera razón. Siempre me ha costado conectar con los demás, eso es así. No tengo muchos amigos, de hecho, muy pocos o casi ninguno, pero no me importa demasiado. Me cuesta estar pendiente de la gente, o tener que chatear o colgar fotos en Instagram, o compartir esas chorradas de vídeos.

Invierto poco tiempo en los demás.

Y poca intensidad.

De repente, mientras camino cabizbajo hacia casa, me encuentro con Carlos, que viene en dirección contraria.

–¡Hey, tío! –me saluda levantando una mano.

–¿No estabais en la playa hasta mañana? –le pregunto sorprendido.

Sin detenerse, me contesta:

–Sí, bueno, pero es que han intentado robar en la farmacia y hemos tenido que volver.

–¿Dónde está Sofía?

–Creo que en casa. Mi padre está con la policía en la farmacia y eso...

Las últimas palabras se pierden tras sus pasos.

Por ahí va uno que realmente tiene problemas para relacionarse. O tal vez no, quizá Carlos sea el prototipo de persona con quien los demás quieren estar. Nunca sé lo que la gente espera de mí.

Mientras sigo andando, me descubro pensando en Sofía, más contento de lo que quizá debería, solo por el hecho de que ha vuelto antes de tiempo.

–No te flipes –me oigo decirme a mí mismo en voz alta.

Así que evito pasar por la calle de atrás, donde está su ventana. Pero al llegar a mi casa, me encuentro con que ella ha decidido venir a buscarme, y la verdad es que me alegro. En dos minutos me cuenta lo de que saltó la alarma en la farmacia, la llamada de la policía, una ventana trasera reventada...

–¿Y la playa?

–Bien, pero no he podido dejar de pensar en las cartas y en la chica que...

–Rosalía –la corto.

–¿Qué?

–Rosalía Molina, ese era su nombre.

–¡¿Cómo...?!

En otros cinco minutos, la pongo al día de todo... o de casi todo, pues no pienso contarle el intercambio de confesiones sobre el amor que he tenido con Alfonso.

–Tenemos que ir a por la carta... ahora mismo –me suelta ella.

–Es casi de noche.

–Sí, vale... Además, no iban a dejarme salir igualmente.

–¿Y eso?

–Bueno, he tenido alguna discusión con mi madre por culpa de... nada, cosas de chicas.

–¿De chicas?

–No seas idiota, no voy a contártelo –me dice sonriendo.

–Eso espero, no me importan las cosas de chicas.

–Ya, seguro que no te interesan las chicas.

Ese tono es de los que a veces ellas utilizan para decir una cosa que en realidad esconde otra, pero no puedo preguntarle por el significado escondido porque entonces pensará que soy corto o negará que haya nada detrás.

No soporto estos jueguecitos.

–¿Qué te parece si volvemos a leer las tres cartas para ver si se nos ha pasado algo por alto? –me dice mientras yo reflexiono.

Un cambio de tema que me descoloca.

–Bueno.

Nos acercamos a la plaza, donde un tubo metálico que sale de un bloque de hormigón plantado allí en medio hace las veces de fuente. Sofía se acerca a beber y me sorprendo a mí mismo observándola como si no la hubiera visto en dos años. Es como si fuera otra persona.

De repente, veo que ella me está mirando mientras bebe y siento cómo se me suben los colores.

Se acerca y no sé dónde meterme. Haré como si nada.

Ella me mira a los ojos y se detiene ahí un segundo.

Lo justo para hacerme saber que me ha visto.

Releemos las cartas de Rosalía ahora ya de otra manera. Empezamos a conocerla y ya casi le ponemos cara y sentimientos. Entendemos su historia y sus dificultades con un amor prohibido al que ella no quiso renunciar.

Cae la noche y quedamos en emprender la búsqueda de la siguiente carta temprano por la mañana, siempre que Sofía pueda salir después de solucionar sus «cosas de chicas» con su madre y que no la necesiten para temas de la farmacia.

–A mí nunca me necesitan –me dice sonriendo.

La acompaño a casa y nos paramos un segundo en la calle antes de llegar, donde todavía no pueden vernos desde su balcón ni desde nuestras ventanas. Nos hemos detenido en un lugar casi escondido, bajo un arco de piedra medio derrumbado que se supone que está aquí desde tiempos de los romanos –o eso dice en la placa oxidada que han puesto al lado–. Ninguno de los dos lo ha hecho deliberadamente, o por lo menos yo seguro que no, pero aquí estamos.

Nos damos cuenta de la situación.

Ella me mira de nuevo con esa mirada transparente e intensa, deteniéndose un buen rato, demostrándome que está esperando.

No hago nada, no sé qué hacer.

Sofía me gusta, pero todavía estoy bajo el impacto de lo que me dijo Alfonso.

«Sé honesto.»

¿Amo a esta chica?

No tengo ni idea..., sencillamente no lo sé.

¿Me gusta?

Sí, mucho.

–¿Qué te pasa? –me pregunta cortando mis pensamientos y mis dudas.

–¡Eeeh! ¡Nada! –digo demasiado rápido y demasiado alto.

–Tienes las manos frías.

De repente me doy cuenta de que me ha cogido la mano.

No hacemos nada más, solo estar así, unidos. Llevamos así un buen rato o tal vez solo unos segundos, no soy capaz de medir el tiempo.

A lo lejos ladra un perro.

Más cerca suenan unos tacones sobre el empedrado de la calle.

Ella los ha oído antes que yo y me ha soltado rápidamente.

Me mira de una forma extraña, como si estuviera más confundida que contenta, o tal vez soy yo el que me siento así.

Nos observamos como si fuéramos otras personas muy diferentes de las que hemos sido estos días.

Y lo somos, somos otros, porque ese instante bajo el arco romano lo cambia todo.

Ella me sonríe y se va.

–Hasta mañana –me dice sin volverse.

La señora que nos ha interrumpido me mira con gesto de desaprobación. La memorizo para poner esa cara a uno de mis zombis.

–Hasta mañana –le respondo a una calle vacía.

8. Entre las espinas

—No lo dirás en serio...

A las nueve en punto he salido a la calle y he ido a la plaza donde he quedado con Sofía. Nada más llegar, la he visto allí parada con su bicicleta.

Odio montar en bici, no me gusta nada y nunca la utilizo. Normalmente voy por Barcelona a pie, en bus o en metro. También suelo coger mi monopatín si el desplazamiento es corto, pero ¿en bici? Jamás.

–No sabemos si tendremos que ir cerca o lejos y yo tengo que estar de vuelta en casa a las once u once y media como máximo, o sea que...

Va vestida con un pantalón verde elástico y una camiseta blanca debajo de la cual se adivina el bikini.

–¿Pretendes bañarte?

–Bueno, hace calor y es posible que acabemos cerca del río. Si no recuerdo mal, la pista habla otra vez de él, ¿no?

No me gusta la idea de bañarme en esas aguas marrones, pero si ella se lo propone, no veo cómo evitarlo.

–No tengo bici –respondo con pocas esperanzas de que ella no lo haya previsto ya.

–Lo sé, te he dejado la de Carlos en la puerta trasera de tu casa.

Cuando regreso subido sobre la bici, me siento raro y creo que se me nota. Ella sonríe y arranca antes de que yo llegue a su lado.

Después de darle a los pedales durante un buen rato, tratando de no liarme demasiado con las marchas, nos alejamos del pueblo hacia el bosque. Yo voy manteniendo más o menos el ritmo y veo que debe de ser cierto eso de que uno no se olvida nunca de montar en bici porque yo hacía mucho tiempo que no cogía una. Adelanto un par de veces a Sofía, aunque solo sea para dejarle claro que puedo hacerlo cuando quiera. Ella me mira sonriente y mueve la cabeza de un lado a otro, pero también aprieta. Cogemos velocidad y acabamos haciendo una carrera, hasta que me doy cuenta de que estoy corriendo solo. Ella se ha detenido muy atrás y se ríe de mí mientras regreso.

–Has parado porque ya no podías más, reconócelo –le digo en cuanto llego a su lado.

–Sí... y porque el camino del río empieza aquí.

Aparcamos las bicis junto a un muro y las atamos con cadenas. Luego leemos la última carta de nuevo, centrándonos en la pista.

Ella mantiene una actitud algo distante conmigo, como si esperara que yo tomase la iniciativa. Lo que no sabe es que yo también estoy hecho un lío. Anoche estuve pensando en lo que Alfonso me dijo. ¿Estoy siendo honesto con ella?

–Presta atención, estás despistado –me dice después de pillarme con la mirada perdida.

Pensando en nosotros.

–«Atravesando el camino del cielo suspendido sobre el mar, la materia primera del mundo tiene el color del deseo.» Ya sabemos que donde habla del mar, se refiere al río. Vamos tirando hacia allá y mientras pensamos en las pistas, ¿te parece?

–Vale.

En cuanto nos ponemos en marcha, me coge de la mano con la excusa de no caerse por el terraplén que tenemos delante, pero cuando llegamos abajo, no me suelta.

El bosque está silencioso para ser ya la hora que es. Ella va delante, moviéndose con agilidad entre los arbustos bajos y las piedras sueltas. La miro y pienso en Rosalía, avanzando por estos mismos caminos para dejar un mensaje secreto a su amor prohibido. Arriesgándose al rechazo familiar y de todo el pueblo, tal vez incluso a uno de esos juicios falsos de los que hablaba Alfonso para acabar fusilada por traidora.

Y todo por amor.

El mismo tipo de amor que llevó a Alfonso a permanecerle fiel, aunque nunca pudieran estar juntos.

Miro a Sofía coger mi mano y noto esa sensación extraña que me avisa de que aquello no va a salir bien. Me pregunto adónde ha ido a parar ese tipo de amor tan intenso. A mí me cuesta encontrar algo parecido en esta época, en la que a veces la gente se lía sin saber muy bien por qué. No lo encuentro en muchos de mis compañeros del insti, cuyo único objetivo es conseguir a una chica como si fuera un trofeo, y lo mismo en el caso de ellas.

Claro que, tal vez, yo no lo vea porque no lo he experimentado. A lo mejor el amor ha cambiado más en la forma que en el fondo.

No soy un experto en este tema.

Llegamos a un claro del bosque y Sofía se detiene bruscamente. Yo choco con ella y casi acabamos los dos en el suelo. Antes de que pueda decirle nada, ella se vuelve y se me acerca mucho. Yo no reacciono demasiado bien porque no estoy preparado, así que doy un suave paso atrás.

Ella lo nota.

–¿Qué te pasa?

–Nada.

–¿No te gusto?

–¡Eeeh...! ¡Claro, claro! –respondo demasiado rápidamente, sin mucho convencimiento–. Es solo que no me siento muy cómodo aquí en medio del bosque..., observado por los *seres mágicos.*

Sonríe, pero no porque mi broma tonta le haya hecho gracia.

Sabe que algo pasa, lo intuye, pero no dice nada.

Mientras continuamos caminando, los sonidos se disparan, como si algo hubiera cambiado en nuestro entorno al adentrarnos en la parte más espesa.

–¿Te dijo algo Alfonso sobre Leonor y su fijación con esos seres extraños? Es una mujer muy extraña y en el pueblo se cuentan todo tipo de cosas sobre ella.

–¿Como qué?

–Bueno, ya sabes, supersticiones sobre todo.

–¿Por ejemplo? –insisto.

Esa mujer me da mal rollo y me apetece saber lo que se cuenta de ella, aunque sean habladurías de un pueblo pequeño como este.

–Eres cotilla... –me sonríe Sofía, antes de contarme lo que sabe–. Vive sola en las afueras y se pasea por el bosque a todas horas. Dicen que habla con los animales, ya sabes...

Me hace un gesto con la mano dando a entender que son cosas que se cuentan en los pueblos.

–Ya –le respondo mientras seguimos avanzando.

–Es como una especie de bruja, o eso se comenta. Siempre habla de estar en contacto con la naturaleza y de esos seres que rigen sus leyes. Según ella, los humanos somos como una plaga que todo lo corrompe y en tiempos de la guerra desatamos la ira de la naturaleza por nuestra crueldad.

–Una ecologista radical.

–Es posible, aunque no deja de tener cierta parte de razón.

No respondo porque no tengo muchos argumentos. De alguna manera, a veces yo también pienso que estamos destrozando tan rápidamente el planeta que algún día pagaremos un alto precio. No sé si será a través de esos seres o no, pero pasará algo muy grave.

–Supongo..., ya estamos cerca del río, ¿lo oyes?

Un leve rumor se filtra por entre los pinos. El olor a resina y a pinaza es muy intenso aquí dentro, tanto que casi marea.

De momento, dejamos atrás todas esas historias extrañas y volvemos a Rosalía y a su mundo. Aunque parezca mentira, para nosotros todo esto está siendo muy real.

De repente, me ha parecido ver algo sobre uno de los árboles. No sé decir qué era, solo que se movía muy rápido.

–¡¿Has visto eso?! –le pregunto señalando hacia uno de los pinos más grandes de aquella zona.

–¡¿Qué?! ¡¿Qué has visto?!

–No lo sé, algo que se movía muy deprisa allá arriba, como si saltara entre los árboles a toda velocidad.

–¿Cómo era?

–Ni idea, en realidad no lo he visto muy bien... Más bien ha sido como la intuición de que algo saltaba por allí arriba.

Sofía me mira y sonríe.

–¡Son ellos! ¡Nos vigilan! –dice fingiendo que tiembla.

Se burla de mí, pero yo sé que he percibido un movimiento, o que he intuido que algo pasaba cerca de nosotros.

–Esto está lleno de ardillas –concluye Sofía sin dejar de sonreír.

Llegamos al río sin más *avistamientos* y Sofía propone volver a leer lo que escribió nuestra amiga más de setenta años atrás.

Durante un rato le damos vueltas a las palabras, esperando encontrar la respuesta que anhelamos.

–«Atravesando el camino del cielo...», «suspendido sobre el mar...» –murmuro.

–Está claro que con lo del mar se refiere al río –me dice ella señalando hacia donde las aguas parten en dos la tierra.

Ambos lo vemos a la vez y lo decimos en voz alta casi como si fuéramos un coro.

–¡El puente!

Sonreímos por la coincidencia de pensamiento y de tiempo.

–¡Claro! –continúa–. Suspendido sobre el mar... el camino del cielo.

Atravesamos el puente de troncos con mucho cuidado, puesto que es algo inestable.

–Ya podían haber construido algo más seguro –me quejo.

–¿Para qué? –responde ella–. Casi cada final de verano o cada otoño hay una riada y se lo lleva.

Llegamos a una especie de playa totalmente cubierta de piedras, cantos rodados creo que se llaman.

–La bañera mayor está más abajo –me aclara ella–. ¿Has traído bañador?

–Sí.

–Cuando encontremos la carta podemos ir a refrescarnos allí.

Sé que me estoy metiendo en un lío, pero no sé cómo detenerlo.

–Bueno..., pero antes tenemos que encontrar la carta.

–¿A qué crees que se refiere con eso de «la materia primera del mundo»?

–No lo sé, pensemos.

–¿De qué está hecho el mundo? –pregunta ella.

–Ni idea, de muchas cosas, supongo.

–Sí, ya lo sé, menuda respuesta más tonta –me suelta con cierto fastidio por tener que escuchar obviedades.

Me molesta ese tono que ha utilizado y estoy a punto de responderle con un corte cuando me doy cuenta... ¡Es eso!

Lo que me está pasando con Sofía es lo que me ocurre cuando alguien me gusta, que empiezo a actuar como si me sintiera atrapado, como si ya anticipara lo que va a ir mal entre nosotros. Por eso me ha molestado su tono, porque he pensado que muchas veces las relaciones se envenenan cuando te sientes metido en una situación en la que no quieres estar. Eso es lo que me pasó con Marta, que no fui capaz de decirle las cosas que no me gustaban y todo empezó a estropearse. Empezamos a caernos mal sin darnos cuenta.

En lugar de vernos como lo que éramos, nos veíamos como lo que no queríamos ser. Por lo menos, yo ya la veía así, como alguien que se preparaba para regañarme si llegaba tarde o si no quería acompañarla a comprar ropa. Llegó un momento en el que incluso me sentía aliviado si me llamaba para decirme que no podía quedar por cualquier motivo. ¡Menuda estupidez! ¡Estar con alguien a quien no quieres ver!

Eso es lo que me ha pasado con algunas de las pocas chicas con las que he salido, que en cuanto hemos empezado ya pensaba en que las cosas se torcerían antes o después.

Y entonces yo mismo provoco que las cosas se tuerzan.

–¿Estás pensando en lo de la materia primera? –me pregunta Sofía mirándome con extrañeza.

–No –le respondo con firmeza–. Estoy pensando en nosotros y en lo que puede pasar.

Ella me mira y se sienta en una roca grande que sobresale entre los cientos, tal vez miles, de pequeños guijarros que hay allí.

Piedras de río.

–Hay algo que quiero decirte ahora.

Suspira, esperando.

–No soy una persona fácil, ya lo sé. No me enamoro perdidamente, así que si eso es lo que esperas..., no sé qué decirte. Me gustas y eres estupenda, divertida y muy guapa. Sí, eso es así.

No sonríe, solo me mira sin mover un músculo.

–Tuve una novia en Barcelona hace poco con la que las cosas no fueron bien por mi culpa, así que no quiero que creas que estamos saliendo ni nada de eso... Yo solo... Bueno, no sé qué pasará.

Ella espera unos segundos por si quiero continuar, pero no voy a hacerlo. Me encantaría saber explicarme mejor, pero hay un cierto desfase entre lo que pasa por mi cabeza y lo que soy capaz de expresar con palabras.

–No sé qué decirte, Dima. Tú también me gustas... bastante. Lo que está pasando ahora me mola, pero lo de salir y eso, ya veremos. Dentro de unos días te irás a tu casa y ya no nos volveremos a ver hasta el verano que viene o unos días en Navidad o en Semana Santa, si venís. Eso es mucho tiempo y... Bueno, pues eso, que es mucho tiempo.

Justo eso es ser honesta.

Yo también lo he sido y me siento mucho mejor ahora.

Las cosas han quedado claras y ya no tengo que estar pendiente de por dónde empezará a estropearse. Todo sucederá como deba, sin meterle más presión.

Tal vez suceda o tal vez no.

–Lo de la materia prima, creo que se refiere a las rocas –le digo para cambiar de tema y porque se me acaba de ocurrir.

Ella sonríe y me acaricia la mejilla con su pequeña mano.

–Siempre he pensado que no apruebas porque no te da la gana. Acaba la ESO de una vez y haz algo que te guste.

–Puede ser.

–Tienes razón. La materia primera del mundo es la roca, las piedras, y aquí hay muchas..., así que ahora solo nos falta descifrar la última parte.

–El color del deseo...

–Es el rojo, lo he visto en alguna película –responde enseguida.

–No hay piedras rojas aquí –digo tras echar un vistazo rápido a la pequeña playa de guijarros.

–Rojas, no... –me dice agachándose y sosteniendo entre sus dedos una china del tamaño de un garbanzo–. Pero sí rojizas..., como esta.

Buscamos un rato y comprobamos que hay piedras de ese tono por toda la playa, aunque no muchas, y son todas pequeñas. Después de un rato, Sofía me llama desde uno de los extremos, cerca de la pared del fondo, y me muestra un grupo de piedras rojizas bastante más grandes que las que hemos visto hasta ahora. Algunas están medio enterradas, pero claramente juntas.

–¿Qué posibilidades crees que hay de que estas piedras rojas estén todas juntas por pura casualidad?

–Ninguna.

Excavamos un buen rato en la tierra que hay debajo de las piedras. Cuesta bastante avanzar porque allí el subsuelo está muy compactado. Suerte que Sofía se ha traído una pequeña navaja que nos permite ir profundizando lentamente.

¡Encontramos la caja!

Está envuelta en una especie de material, como virutas metálicas, parecido a esos estropajos que se usan para fregar a mano. Cuando la limpiamos un poco vemos que no es como las otras, sino mucho más pequeña, y aunque está igualmente descolorida, todavía puede distinguirse un trozo del dibujo original de la tapa. Por lo que se puede apreciar, no se trata de ninguna escena marítima, sino de una especie de desierto con palmeras en el que aparece incluso un pequeño camello. Unas letras medio borradas donde todavía puede leerse «TOBACCO» me dice que se trata de una caja antigua donde probablemente guardaban picadura. Lo sé porque el abuelo tenía una parecida de cuando era joven y fumaba en una pipa de madera.

Igual que las otras, cuesta mucho abrirla, como si la hubieran cerrado herméticamente o algo así. Al levantar la tapa, se desprenden los restos de algo que cerraba los bordes, tal vez cera. Dentro no hay papel marrón, sino otra caja metálica oscura sin ningún signo distintivo, y en su interior, solo un papel encerado de otro color que envuelve una especie de nota manuscrita.

La letra es de Rosalía, pero el contenido es bastante extraño, ya que no empieza con el saludo habitual, sino que va directa al grano.

No es una carta de amor, sino un aviso.

> *Si estás leyendo esta nota es porque no he podido dejarte aquí la carta que tocaba, como te decía en la anterior. Me he atrevido a meterme en su bosque por la noche, sé que es peligroso, pero no me importa, y además el Cristo de San Gabriel me protege. Él me ha mirado desde las aguas removidas y se ha alzado ante mí para avisarme de que corría peligro y de que no cruzara el puente como pretendía para dejarte aquí mi última carta, la más importante. Así que he dejado esta nota más tarde para que sepas que tienes que buscarla en otro lugar porque no he tenido tiempo de repetirla. Mi familia me vigila, sospechan de mí y no me permiten salir sola, así que no podré volver. Dejo esta nota aprovechando que he venido con mi madre a lavar la ropa. Busca en la roca grande del otro lado del río, donde he grabado nuestra marca, es muy importante que la encuentres. Ve con cuidado con la hermana de Alfonso, ella me odia y también me persigue. Parece que no tuvo suficiente con todo el mal que nos hizo. Encuentra la carta y ven a buscarme cuando vuelvas. Te esperaré siempre.*

–Es muy raro todo esto –intervengo pasado un rato en el que ambos hemos estado reflexionando sobre la nota.

–Sí, pero creo que lo primero es volver atrás a buscar la marca, como dice Rosalía.

No tardamos en localizarla, ya que se trata de una roca muy grande que se encuentra cerca de la otra orilla. En la parte superior se distingue claramente un grabado, ya bastante desgastado, de dos trazos gruesos atravesados por un semicírculo.

–Es esta, cavemos.

Cavamos... y cavamos más. Primero por delante, donde parece lógico que estuviera enterrada la caja, después por detrás.

Nada, ni rastro.

–Tiene que estar por aquí –insiste Sofía con las uñas llenas de tierra.

Pero no está.

Es el momento de resumir la situación, cosa que hago antes que ella.

–Está claro que algo raro pasó entre la última carta y esta especie de nota de aviso. Tenemos tres antes que esta, la primera que encontré...

–Que no es la primera, seguramente –me corta Sofía.

–Probablemente no, pero no tenemos manera de seguir la pista de las otras cajas hacia atrás. Esas están perdidas para siempre... o tal vez algún día alguien las encuentre cuando otro jabalí hambriento busque comida.

–Es una pena.

–Sí, bueno, pero no podemos hacer nada. Tenemos la primera, la caja blanca, que nos llevó a la que encontramos en aquel extraño agujero en las rocas...

–La verde.

–Sí, esa, que nos permitió encontrar la de los girasoles, la amarilla, que es la que nos ha traído hasta aquí. Pero en el lugar en el que tocaría encontrar la siguiente caja, hay una muy distinta en la que nos dice que no pudo colocar la que tocaba en su sitio y nos envía aquí, donde no encontramos nada. Y, además, por lo que pone en la nota, se trata de la última carta, seguramente la más importante de todas.

–Sí, porque ella le dice que la lea y la vaya a buscar, como si en esa carta explicara dónde podrá encontrarla cuando vuelva.

–Alfonso me contó que Rosalía y su familia se fueron del pueblo hacia el final de la guerra y que a su hermana le llegó una extraña nota en la que ponía que estaban en Barcelona –le explico a Sofía.

–No olvides que precisamente la hermana loca de Alfonso..., Leonor, sale en la nota. Rosalía dice que quiere causarle daño, como ya se lo ha hecho antes. ¿Tienes idea de a qué se refiere?

–No, pero entiendo que esa mujer sabe muchas cosas de este tema que no ha querido revelar nunca.

–Podemos ir a verla –sugiere ella.

–Sí –digo convencido, aunque no lo esté del todo.

Esa mujer da algo de miedo, es muy rara.

–Vale, iremos esta tarde, pero antes de volver a casa podríamos ir a bañarnos un rato. Hace mucho calor ya –interviene resoplando como si aquello fuera el desierto.

Tiene razón y, además, yo no tengo mucha prisa por encontrarme con esa anciana que me provoca escalofríos con sus ojos penetrantes.

Ni con su perro mutante.

Bajamos hacia las bañeras siguiendo el río a propuesta de Sofía, mojándonos el calzado para no resbalar. Aun así, me caigo dos veces y estoy casi empapado del todo.

Sofía me mira y se ríe de mí, pero esta vez no me importa. Supongo que aclarar las cosas sirve para eso, para no ver fantasmas donde no los hay.

Dejamos atrás ese tramo más peligroso, que llaman «la bajada», y rodeamos la cascada en la que desemboca. Al cabo de un rato, llegamos a un lugar donde el río se estrecha y es bastante más hondo. Tratamos de pasar por uno de los lados, pegados a la pared de roca, pues por el otro hay una auténtica jungla de zarzales y... ¿qué es eso?

–¡Allí hay algo! –le grito a Sofía, que ya está al otro lado.

El rumor del agua es fuerte aquí por la cascada que acabamos de dejar atrás y resulta difícil entenderse.

–¡¿Qué dices?!

–¡He visto algo entre las zarzas!

–¡Déjalo! ¡Seguramente sea basura que ha arrastrado alguna riada!

Pero decido ir a investigar igualmente.

Retrocedo e intento pasar por el otro lado y pronto me doy cuenta de mi error. Los zarzales producen moras y otra cosa: muchas espinas. Sofía me mira desde una roca más adelante. Ahora no voy a volverme atrás por cuatro rasguños superficiales.

Llego al lugar en el que me ha parecido ver algo y confirmo que se trata de una garrafa de plástico sucia que debe de llevar un siglo allí atrapada.

–¡No es nada! –le grito, y veo que ella sonríe como diciéndome «Te lo advertí».

Aparto una rama gruesa llena de espinas enormes que me impide el paso y sigo avanzando. Me llevo un susto enorme.

–¡¿Qué demonios...?!

¡He visto una mano ahí dentro!

–¡¿Qué pasa?! –se acerca Sofía al ver mi cara.

Estoy blanco como esa mano que ahora veo con claridad, enredada profundamente en el zarzal, oculta tras la enorme rama que he apartado.

Pasado el susto, me doy cuenta de que no es humana, aunque lo parece. De hecho, sí que lo es, pero no de una persona, sino de una escultura o algo así. Está muy sucia y le faltan dos dedos, pero se distingue su forma claramente.

–¡¿Qué has encontrado?!

–¡Espera, voy a sacarlo!

–¡Ten cuidado!

A pesar de estar seguro de que se trata de una mano de piedra o de plástico, no dejo de ir con cierta cautela cuando meto el brazo casi hasta el fondo en el zarzal y la atrapo. Es dura, lo que me confirma que se trata de mármol o algo por el estilo. Tiro de ella y veo que está como atornillada a un trozo de madera que sobresale enredado en las ramas más profundas. La agarro con fuerza, ya que es pequeña y cabe casi entera en mi mano. Estiro cuanto puedo y noto que va cediendo. Sigo sacándola lentamente, sintiendo cómo las espinas rasgan mi piel y en algunos lugares la traspasan.

Pero no la suelto.

Cuando la tengo fuera del todo, me quedo pasmado.

Es una mano tallada en mármol blanco o un material parecido a la que le faltan el dedo pequeño y el de al lado –nunca recuerdo cómo se llama ese–. Está enganchada a un trozo de madera más que carcomida. Con mucho cuidado se la doy a Sofía, que se ha acercado tanto como ha podido y, mientras ella la enjuaga en el río para quitarle la capa de suciedad que tiene encima, acabo de atravesar ese paso que me ha dejado varios recuerdos en el cuerpo.

–Es una mano como clavada en un tablón y no es del todo blanca, tiene unos tonos azulados. Mira, en la palma hay un clavo y...

–Es un Cristo, la mano de un Cristo –respondo sin pensarlo dos veces.

Inmediatamente, Sofía me mira con los ojos muy abiertos. Ha pensado lo mismo que yo, en la nota que hemos descubierto a solo unos metros de allí, en la que Rosalía habla del Cristo de San Gabriel, que le salvó la vida cuando iba a cruzar el puente para dejar su carta.

–¿Crees que...? –me pregunta.

–No lo sé –respondo–. No lo sé. Puede que el Cristo del que habla se le apareciera en una especie de visión, no que fuera una figura real. Además, hace mucho tiempo de eso, no creo que nada pueda conservarse en el río tantos años, y menos con las riadas que siempre dices que pasan por aquí.

–Supongo, pero estaba muy agarrada al zarzal...

–Sí. La verdad, no lo sé, todo lo que está ocurriendo este verano está siendo muy extraño.

–Y mágico –añade ella con esa mirada que pretende darle más de un sentido a sus palabras.

Después de debatirlo un rato, al final decidimos dejarla en el mismo sitio donde la hemos encontrado, de manera que vuelvo atrás y la meto como puedo en el gran zarzal, arañándome de nuevo los brazos y las piernas.

¡No vamos a ir por ahí con una mano clavada en una madera!

Finalmente, llegamos a la bañera mayor cuando todavía hay poca gente. No son ni las diez y media, de manera que solo un par de familias madrugadoras han extendido ya sus toallas en las rocas. Los niños juegan en el borde del agua, vigilados por una madre en cuyo bañador cabríamos juntos Sofía, yo y las dos bicicletas.

No traemos toalla, de manera que el procedimiento es bien sencillo.

Quitarnos la ropa y al agua.

Me quito tímidamente la camiseta y espero. Me doy cuenta de que estoy blanco como la cera –no me gusta tomar el sol– y de que mi musculatura es... inexistente. No soy físicamente muy atractivo, creo.

En cambio Sofía... lleva un bikini rojo con flores blancas y está muy morena y es, sin ninguna duda, una chica atractiva.

Pero lo es sobre todo por su manera de ser, por su manera de vivir.

Con una alegría que a mí me cuesta encontrar.

9. En el amor y en la guerra

La casa es baja, de una sola planta y con un huerto bastante cuidado en la parte delantera. El aroma de los tomates llena el aire, así como el de diferentes plantas, algunas de las cuales conozco, como la menta o el romero, y muchas otras no sé qué son.

El perro nos ha oído llegar y ha salido a recibirnos meneando la cola. No sé si nos ha reconocido de nuestro último encuentro en el camino junto al campo de girasoles, pero el caso es que se aparta amigablemente cuando Sofía y yo cruzamos el huerto para llamar a la puerta de la anciana hermana de Alfonso.

Nos recibe en un comedor medio vacío, casi como si nadie viviera allí. Nos hace sentar en las dos únicas sillas que hay al lado de una mesa muy vieja y destartalada mientras ella se acomoda en un sofá del que sobresalen algunos trozos de espuma. Echo un vistazo rápido a las ventanas sucias y a dos lámparas de pie más sucias todavía y me convenzo de que hace mucho tiempo que nadie limpia a fondo. Si lo viera mi madre, se desmayaba.

–¿Qué queréis de mí? –nos pregunta directamente.

Antes de que tengamos tiempo de decir nada, vuelve a hablar gesticulando con esas manos cargadas de anillos.

–Los círculos deben cerrarse para que podamos irnos en paz.

Eso me suena, es casi lo mismo que me dijo Alfonso. Me llama la atención, aunque no tengo muy claro su significado, tal vez sea una especie de frase de la familia o algo así. Sigo escuchando.

–Ahora habéis venido a cerrar uno que dejé abierto hace mucho. Uno que me costó el amor de mi hermano y el rechazo de todo el pueblo, pero yo no fui la culpable de la guerra. No fui yo quien mató a miles de hombres ni dejó en la miseria a sus familias. Yo he vivido con mis propias cargas y tal vez sea ya el momento de dejarlas caer.

Esto va a ser más difícil de lo que creía. Es evidente que la mujer no está bien de la cabeza, por lo menos no del todo.

Sofía le enseña la nota. Ella es así, directa al grano. La lee despacio, manteniéndola muy cerca de sus ojos, como si le costara ver.

–Sí... Las cosas ocurrieron como ella dice. Esa noche, Rosalía se internó en el bosque y yo la seguí. Recogí su carta, la que enterró junto a la roca grande, pero nunca supe que había vuelto más tarde a dejar esta otra. Era una chica muy lista...

–¿Por qué no nos lo cuenta todo? –intervengo con cierta dureza.

Hay algo en ella que no me gusta, lo he notado desde que la he visto por primera vez.

–¿Por qué tendría que hacer eso? –me responde bruscamente–. Tú eres un recién llegado, un extranjero que vienes al pueblo solo en verano y que ahora pretendes descubrir un pasado que no te pertenece.

–Su hermano no lo cree así –le respondo, no voy a dejarme intimidar–. Me contó todo lo que se refiere a Rosalía y a su familia. También me dijo que estaba enamorado de ella y que la buscó después de la guerra en Barcelona y...

–¿Te contó lo de la Ciudadela? –me pregunta sorprendida.

–Sí, me lo contó todo.

La anciana sonríe con cierta tristeza.

–No te lo contó todo, créeme. Además, hay muchas cosas que ni él mismo sabe.

–Me dijo que yo había venido a cerrar sus círculos antes de que muriera.

Sofía me mira sorprendida de que me atreva a hacer esa referencia a la no muy lejana muerte de Alfonso, pero no le hago caso. Es el momento de decir las cosas claras de una vez, de dejar salir toda la historia, la que lleva tantos años enterrada en ese bosque que empieza un poco más allá del huerto.

La anciana se levanta y da un par de vueltas en silencio a la mesa donde estamos sentados. Tiene la mirada perdida en el techo, como si tratara de buscar alguna grieta en particular de las muchas que allí se ven. Sofía me mira con cara de asustada y yo trato de quitarle importancia a aquella conducta un poco inquietante. Al final, vuelve a sentarse en el sillón y empieza a hablar.

Y lo hace durante mucho rato.

–Tal vez mi hermano tenga razón, quizá sea ya el momento de hacerlo, de cerrar los círculos. Los dos somos muy viejos y, como bien has dicho, no tardaremos mucho en morir, así que probablemente esta sea la ocasión de contarlo todo. Tú debes de ser el enviado para poner en marcha el mecanismo.

Me quedo con ganas de preguntarle qué significa eso del enviado y del mecanismo, pero prefiero no interrumpirla.

–Para que suceda lo que tiene que suceder, deberéis escucharme atentamente, tratando de entender las cosas que pasaron en el momento en que pasaron y no visto desde el presente. Juzgarlo todo ahora es muy fácil, decir quién era bueno, quién malo, quién se equivocó o fue cobarde..., eso es fácil visto desde este mundo. Pero el mundo en el que vivíamos entonces era otro, la guerra lo había enloquecido. Padres de familia, incapaces de discutir ni con los vecinos, se convertían en asesinos crueles que mataban niños. Hombres cultos que habían ido a la universidad dirigían batallones de la muerte y fusilaban a mujeres o bombardeaban pueblos hasta dejarlos reducidos a cenizas. El orden natural se vino abajo, así que muchas de las cosas que os contaré pasaron porque esa era la realidad en la que tuvimos que vivir con apenas vuestra edad.

No decimos nada, ni siquiera nos movemos de las sillas, incluido el perro, que se mantiene firme a nuestro lado.

–Yo tenía por entonces nueve años, aunque estaba a punto de cumplir los diez. No os confundáis, la niñez de entonces no era como la de ahora. Trabajaba en el campo y en la tienda de mis tíos todos los días y también iba al colegio, hasta que lo cerraron. Mi hermano Alfonso también trabajaba en todo lo que podía para ayudar a llenar la despensa. Él tenía por entonces casi quince y estaba locamente enamorado de Rosalía. Mi padre se rompía la espalda por las mañanas en el campo y por las tardes en un taller de reparación de maquinaria que era propiedad de tu bisabuelo, el señor Casas.

Eso coincide con lo que me contó Alfonso.

–Allí trabajaban también unos cuantos de los hombres del pueblo. Les pagaban una miseria y tenían que ir los sábados y muchos domingos también, pero era lo que había, así que nadie se quejaba o lo hacían en voz baja. Muchos vecinos de los pueblos de la zona venían aquí a arreglar sus utensilios o sus máquinas. Cuando las cosas se complicaron con la política, el señor Casas decidió despedir a todos los que él consideraba traidores a la patria, es decir, republicanos. La mayoría de los de aquí no eran más que payeses preocupados por sus cosechas y por su despensa y sabían tanto de política como de medicina, pero estaban en zona roja y eso los etiquetaba.

Una vez más me vienen a la cabeza las palabras de su hermano sobre los peligros de clasificar a las personas.

–La situación entonces se envenenó porque tu bisabuelo trajo para trabajar allí a hombres de fuera que él llamaba *afines*. El odio contra él salía por los poros de la piel de muchas personas. Algunos vecinos tiraban piedras por la noche contra el taller o contra su casa y él arreglaba los cristales por la mañana y salía a pasear acompañado de algunos de esos trabajadores recién venidos. Hubo más de un enfrentamiento.

Se me ocurre que esos debían de ser malos tiempos para vivir en un pueblo como este.

–En mi casa, las cosas empeoraron mucho con el despido de mi padre, así que mi hermano tuvo que dejar el colegio y ponerse a trabajar en cualquier cosa que saliera, en este pueblo o en otros. Eso hizo que yo lo perdiera, dejó de ser un niño y ya no quería jugar conmigo porque siempre estaba muy cansado. Su obsesión, lo único a lo que dedicaba su poco tiempo libre, era a seguir a Rosalía como un corderito. Ella lo ignoraba o se mantenía indiferente y él se sentía dolido y eso lo ponía de mal humor. Me regañaba a menudo o incluso me daba algún capón si lo molestaba mucho. Al principio no lo entendía, pero pronto supe por qué actuaba así, era para dejar salir su frustración. Odié a Rosalía por no tratarlo mejor, por no hacerlo feliz para que yo pudiera volver a acercarme a él.

Una de sus manos se cierra en un puño crispado como si recordara todavía ese odio.

–Yo era por entonces una niña solitaria, así que me pasaba horas y horas rondando por el bosque, viendo a los animales, cazando mariposas, cosas así. Allí conocí a los seres de los que os hablé, ellos vinieron a encontrarme y se quedaron a mi lado. Yo los intuía cuando paseaba, ya que en realidad nunca llegué a verlos. Durante mucho tiempo fueron mis únicos amigos, cuidaron de mí y me hicieron compañía...

Sofía me mira de reojo y sé que está pensando lo mismo que yo. ¡Está como una cabra! Debió de ser ella la que se inventó esos amigos imaginarios y acabó haciendo correr el bulo de su existencia. Si sigue contándonos ese rollo habrá que pensar en cómo interrumpirla, pero de momento no me atrevo.

–Pero no quiero desviarme de mi relato, aunque también ellos forman parte de esta historia –dice como si me hubiera leído el pensamiento–. Estaba hablando de Rosalía y de cómo me enteré de sus amoríos. Una noche que yo no podía dormir, me puse a mirar por la ventana hacia el bosque. Había una gran luna llena y se veían las copas de árboles muy lejanos. De repente, sentí cómo ellos me llamaban, me decían que debía ir allí..., y eso hice. Me escapé de casa y me adentré en el bosque. Noté su presencia a mi lado y cómo me guiaban hacia una zona bastante profunda que yo apenas conocía. No tenía miedo porque me acompañaban. Así que caminé y caminé hasta que los vi.

–¿A quiénes? –interviene Sofía sin poder remediarlo.

–A tu abuelo Pablo... –dice señalándome con un dedo en el que cuento no menos de cinco anillos–. Tu abuelo y Rosalía, en medio del claro, besándose y abrazándose. Ellos estaban allí, riéndose de nosotros, de mi pobre hermano, de mi padre, que se consumía con vino barato en la fonda, de mi madre, que hervía las pieles de las patatas para hacer sopa. Sentí cómo el odio entraba en mi sangre y corría por mis venas, de manera que enseguida supe lo que tenía que hacer.

De repente parece que el relato se interrumpe, pero no digo nada. La aparición en la historia de mi abuelo besándose con Rosalía me ha dejado aturdido, aunque totalmente expectante. Imagino esa estampa en blanco y negro, esperando a que yo la dibuje. Dos amantes en el bosque a medianoche...

–¿Tu abuelo? –me dice Sofía con los ojos muy abiertos.

–Sí, su abuelo –le responde Leonor–. Él era el que robaba las ilusiones de mi hermano, haciendo que su vida fuera más triste y desgraciada. Por lo visto, los Casas no tenían suficiente con echar a mi padre y hacer que se sintiera como un inútil que no podía mantener a su familia, además tenían que robar el amor de mi hermano, su única alegría en la existencia terrible que le había tocado. Pero ¡no iba a consentirlo! ¡No mientras yo pudiera hacer algo!

–¿Qué es lo que hizo? –le pregunto, aunque empiezo a sospechar la respuesta.

–Hice lo que tenía que hacer... Fui a ver a los soldados republicanos que había en Monistrol. Les dije que conocía a traidores en mi pueblo.

Sofía me mira como si no entendiera nada, pero yo sí que lo comprendo.

Soy muy consciente de lo que hizo esta anciana.

–Me hicieron pasar a una sala donde un soldado con un uniforme distinto al de los demás y un bigote muy fino me ofreció un trozo de chocolate. Les di los nombres de la familia Casas y de unas cuantas más, algunas que sabía que eran simpatizantes de los nacionales.

–¡Usted delató a mi abuelo!

–Sí, lo hice. A él y a unos cuantos más para que no sospecharan de mi hermano, ni de mi padre. Los escogí al azar y...

–¡Los mataron!

Ella me mira con los ojos hundidos, no sé si por el arrepentimiento, el dolor o la ira que todavía parece sentir contra la familia de mi abuelo.

–Lo sé... y sin quererlo hice que la vida de mi hermano se convirtiera en un inferno. Pero yo no pensaba que los matarían ni que lo obligarían a él a unirse al pelotón y a disparar a hombres y muchachos.

–Nunca lo ha olvidado –le insisto.

–Por eso no se hablan desde entonces, él lo sabía –interviene Sofía.

–Lo descubrió después, pero no me perdonó, jamás lo ha hecho.

Unos segundos de silencio nos permiten respirar tras ese increíble secreto que por fin ve la luz, muchos años después.

Toda una vida después.

–Mi abuelo tuvo que huir –le recuerdo.

–Sí, de eso se trataba, de que se marcharan todos..., yo no quería que nadie muriera. Alguien avisó a tiempo a los Casas y pudieron escapar hacia la zona nacional. Se instalaron en Teruel hasta que los republicanos bombardearon la ciudad y tus bisabuelos murieron. Tu abuelo Pablo se unió entonces a los soldados que combatían en la zona nacional e hizo con ellos toda la guerra.

–¿Qué pasó después? –le pregunta Sofía–. ¿Qué hizo Rosalía?

–Ella se volvió loca por el dolor y la angustia. La familia Casas huyó por la noche, de manera que no pudo ni despedirse de tu abuelo. Durante semanas e incluso meses trató de averiguar su destino, preguntando a los soldados que volvían del frente o a cualquiera que saliera de allí hacia el otro lado del río Ebro. Estaba desesperada y se volvió una chica que no hacía otra cosa que trabajar. Yo le dije a mi hermano que aquel era el momento, que era su oportunidad para tratar de acercarse a ella y...

–¡Bufff! –resopla Sofía.

–No juzgues tan deprisa, niña. Tú vives en un mundo de abundancia donde puedes escoger a tus amigos o incluso con quien te casas, pero en un pueblo de interior como este, en los años treinta, en plena guerra civil..., una no era tan escrupulosa como ahora te puedes permitir.

–¿Él aceptó?

Quiero saber si Alfonso estuvo metido en esa maniobra repulsiva.

Necesito saberlo.

–No... y cuando le confesé todo lo que había hecho por él, dejó de hablarme. Me miró con una expresión tan triste como jamás le había visto y se limitó a decirme que no quería volver a saber de mí.

–No me extraña –le respondo aliviado de que Alfonso no me haya decepcionado, aunque fuera en otros tiempos.

–¿Y las cartas? ¿Qué sabe de las cartas? –le pregunta Sofía.

–Eso vino después..., mucho después de los fusilamientos, los exilios y todo lo demás. Cuando las cosas se calmaron un poco, yo pensé que Rosalía iría olvidando a tu abuelo. Además, sus padres también habían ido rebullendo la rabia por lo que les había hecho tu bisabuelo, condenándolos a la miseria solo por unos ideales que muchos de ellos ni siquiera compartían. Cuando se supo que los Casas habían huido para unirse a los nacionales, el padre de Rosalía, probablemente el más republicano de los payeses de la zona, le prohibió que tuviera ningún contacto con nadie de esa familia ni en persona, ni por carta, ni siquiera de pensamiento. Pero ella era muy tozuda.

Recuerdo las palabras de Alfonso cuando trataba de describírmela: «Una vez tomaba una determinación, no había quien la hiciera cambiar de opinión».

–Así que, como no sabía dónde estaba tu abuelo, no podía enviarle cartas de amor, pero eso no hizo que se resignara a perderlo. Decidió seguir desafiando a todo el mundo y le escribió esa serie de notas que ya conocéis bien y las repartió por el bosque para que, cuando él volviera, las encontrara y pudieran reanudar su historia de amor.

–¿Cómo lo descubrió usted? –le pregunta Sofía.

–¡Mmm! Eso fue cosa de *ellos*.

–¿De los seres?

–Sí, me avisaron, aunque demasiado tarde, pues ya Rosalía llevaba algún tiempo escarbando el bosque y sembrándolo de cajas de galletas. Por entonces, *ellos* estaban furiosos y odiaban a las personas, así que creo que lo hicieron a propósito para hacerme sufrir.

–¿Eso quiere decir que no tiene las cajas que faltan? –le pregunta Sofía.

–No –responde con rotundidad–. Nunca llegué a ver ninguna, salvo la que vosotros no habéis encontrado en la roca del río.

–La última carta... –intervengo.

–Sí, y la más importante para saber cómo acabó la historia.

–¿Nos la daría? –le pregunto directamente.

–¿Por qué debería hacer eso? Yo la encontré y por lo tanto es mía.

–No la encontró, la robó –la corrige Sofía.

–Esa carta pertenece a Rosalía, igual que las otras –intervengo apoyándola–. Tal vez ella todavía esté viva en algún lugar y podamos....

–Rosalía está muerta... desde hace mucho tiempo –me corta.

Durante un instante, nadie dice nada. El polvo que hay en la casa flota frente a las ventanas por donde entra la luz del verano, manteniéndose suspendido a media altura y creando un efecto casi mágico en el aire. Es como si miles de minúsculas plumas surcaran la sala, buscando una salida hacia el bosque.

El ladrido afónico del perro nos devuelve a todos a la realidad.

–Cállate –le ordena bruscamente la anciana.

Sus ojos se han endurecido de nuevo y su voz suena más tajante cuando vuelve a hablar.

–Todo esto es algo que no os importa. Debéis marcharos ya.

Eso me indigna.

–¡¿Que no nos importa?! Mi abuelo murió hace no mucho después de haber tenido que sufrir la expulsión de su pueblo y la muerte de su familia solo por su egoísmo y su... su... –No encuentro la palabra adecuada, pues no quiero insultar a una anciana a pesar de todo–. Seguramente se volvió loco cuando regresó y no encontró a Rosalía y tuvo que vivir con ello por su culpa. Yo vi cómo se convertía en una especie de molusco que no reconocía ni a su propia esposa, así que... ¡no me diga que no me importa todo esto!

Sofía me mira, pero no dice nada.

Siento la rabia salir por mi boca y por mis ojos.

La rabia contenida después de ver cómo mi propio abuelo se moría lentamente en vida, cómo dejaba de ser una persona para convertirse en algo que no sé ni definir. También por el dolor y el sufrimiento que he visto en mi abuela, su agotamiento y su determinación por seguir a su lado hasta que él murió para entonces dejarse ir también hacia la tumba.

¡¿Que no me importa?!

La anciana me mira durante un buen rato sin decir nada, mientras yo hago esfuerzos por controlarme y que la humedad que noto en los ojos no se convierta en un torrente. No pienso darle ese gusto a esta demente que no dudó en condenar a muerte a muchas personas solo para tratar de recuperar el amor de su hermano.

Finalmente, sin decir nada, se levanta y desaparece tras una pequeña puerta que se ve al lado de la cocina. Es muy estrecha y no parece dar entrada a ninguna habitación, tiene más pinta de despensa.

Tarda un rato en salir, así que Sofía me pone la mano en el brazo suavemente.

–¿Estás bien?

Le sonrío mientras afirmo con la cabeza. No sé qué pasará con ella y conmigo en lo poco que resta de verano ni más adelante. No sé si nos veremos a menudo o solo en verano, lo que sí pienso es que, pase lo que pase, seremos amigos durante mucho tiempo.

Cuando Leonor regresa lleva en sus manos una caja metálica que me entrega sin decir nada. La observo y veo que está perfectamente conservada. Es roja y tiene pintado en la tapa un paisaje marítimo de unas olas estrellándose con furia contra unas rocas.

–La cogí poco después de que ella la dejara –dice como si, una vez más, pudiera leer mis pensamientos.

La destapo sin que me cueste ningún esfuerzo y extraigo un papel bastante menos amarillento que los otros. No hay trapos ni papeles encerados, aunque supongo que los debió de quitar la anciana.

Sofía se acerca y leemos juntos esa última carta.

Mi amado, mi amor, mi todo:

Esta será la última carta que dejo para ti en nuestro bosque. No muy lejos de aquí nos besamos por primera vez y fue cuando decidí que mi vida sería para ti o para nadie. Es tanto el amor que siento que a veces me despierto en plena noche bañada en sudor, pero no por sufrimiento, sino por la alegría que me entra al poder haber experimentado lo que muchas personas morirán sin haber podido sentir. A pesar de todo, a pesar de la guerra y de tu ausencia, a veces me siento tan afortunada que salgo al bosque y grito mi dicha a pleno pulmón. Estoy tan llena de amor que algunos animales se me acercan hasta casi rozarme. Creo que en estos tiempos oscuros también ellos necesitan sentir que la vida sigue latiendo. Entonces les digo que algún día volveré aquí contigo y les mostraremos juntos cuánto amor es posible dar y recibir.

Mientras eso no ocurre, debes saber que me marcho de este pueblo. Mi padre cree que aquí no sobreviviremos a un final de la guerra que se adivina terrible y a todo lo que vendrá después. Él siempre ha estado con los republicanos, eso lo sabe todo el pueblo, de manera que si nos quedamos seguramente acabe en prisión o ejecutado cuando vengan los nacionales. Tú vendrás con ellos y sé que tratarás de protegerlo, pero él no confía en ninguno de vosotros y no quiere quedarse aquí. Tenemos familia en Barcelona, un tío de mi padre que hace mucho tiempo se fue a vivir allí, a un barrio que llaman Sants. Le buscará trabajo en el taller donde también trabaja él y tal vez así consigamos sobrevivir a todas las desgracias que mi padre dice que vendrán cuando vosotros lleguéis. Pero nada de eso me importa si tú vuelves, y tal vez sea mejor que podamos empezar nuestra historia en otro sitio que no sea este, donde alguna gente nos odia y no nos dejaría vivir en paz. Si tú vuelves, estoy segura de que encontrarás mi primera carta y después sabrás cómo llegar a todas las otras hasta que halles esta.

Todavía no sé dónde vamos a vivir en Barcelona, así que lo que haré para que podamos encontrarnos será ir cada domingo a las doce de la mañana al parque de la Ciudadela. Mi madre estuvo una vez allí y dice que la gente de la ciudad sale a pasear por él los domingos y que hay una especie de tarima en el centro donde a veces una orquesta toca música preciosa y las parejas se dan la mano mientras escuchan las piezas. Allí estaré todos los domingos, esperando tu regreso para poder volver a amarnos como ahora. No me importa si estás herido o enfermo, no me importa si has perdido un brazo, si tu precioso rostro está desfigurado por una explosión o si estás impedido o lo que sea. Ven a buscarme porque yo necesito de ti para vivir como del aire de este bosque en el que encontramos el amor. Ven a buscarme pase lo que pase y seré tuya para siempre.

Infinitamente tuya.

Cuando terminamos de leer, nadie dice nada, los sonidos del bosque cercano penetran en la casa a través del tejado medio roto y de las ventanas mal cerradas. Los grillos reanudan su concierto inacabado, que solo detienen por un tiempo cuando el frío los obliga a encerrarse en sus escondites. El perro ha desaparecido, quizá intuyendo que su momento de protagonismo ha pasado.

Ahora estamos solos con Rosalía y su amor puro e innegociable.

–¿Qué pasó con ella? –pregunta Sofía finalmente.

–Intenté encontrarla para mi hermano. Incluso llegué a inventarme una excusa para que él me acompañara a la Ciudadela los domingos y...

–¿Usted preparó lo de aquella nota? –le pregunto recordando la historia que me contó Alfonso.

Debería estar sorprendido, pero tal y como han ido desarrollándose los acontecimientos ya nada me asombra. Pasaron muchas cosas anormales en esos años.

–Sí, yo no sabía cómo decirle que conocía el destino de su amada ni tampoco tenía claro si él la había olvidado después de todo. La guerra cambia a los hombres, pero en su caso no fue así. Alfonso regresó y pronto se puso a buscarla, preguntando a sus vecinos y a todo el pueblo por si alguien sabía adónde habían ido. Nadie les pudo decir nada, pues se habían marchado de noche y sin dar explicaciones por temor a que alguien los denunciara como republicanos que eran. Cuando vi que Alfonso todavía la amaba, pensé en hablar con él y contárselo todo, pero no me dejó. Cuando me acerqué, me gritó que me fuera, que yo era para él la memoria de un horror y que jamás me perdonaría. Así que tuve que inventarme una mentira porque pensé que si la encontraba y se casaban, tal vez él accedería a hacer las paces antes o después.

–Se envió una carta a sí misma hablando de la Ciudadela, ¿no?

–Sí, un amigo la escribió por mí para que la letra fuera de hombre. Funcionó, porque le puse como condición para entregársela a mi hermano que me dejara acompañarlo a Barcelona y él aceptó. Durante los viajes en tren, él no me dirigía la palabra, pero por lo menos lo tuve a mi lado muchos días.

–¿Rosalía no apareció?

–Estuvimos allí muchos domingos, esperándola durante horas, y al cabo de unos meses Alfonso dijo que aquello era inútil y volvió a dejar de verme. Yo seguí yendo a Barcelona todavía unas cuantas semanas más, pero ella nunca apareció. Entonces decidí ir a su barrio, a Sants, tal y como decía en la carta que habéis leído, y estuve preguntando a todo el mundo. Al final, la encontré.

–¿Llegó a hablar con ella?

–Ya había muerto. Los nacionales se habían llevado a su padre al poco de ocupar Barcelona y nunca regresó. Su madre murió unos meses más tarde por culpa del hambre y el agotamiento. En cuanto a ella, una vecina me dijo que había estado muy enferma de tuberculosis y que cuando la llevaron al hospital escupía sangre a todas horas y había perdido más de diez kilos, ella, que ya era más bien poca cosa. La enterraron en una fosa común en un cementerio que hay en una montaña en Barcelona, no recuerdo su nombre.

–Montjuic –le aclaro.

Yo sí recuerdo el nombre porque allí fui a mi primer funeral hace unos años, el del padre de un compañero del colegio. Fue mi primer contacto con una muerte real.

–Puede ser, no lo recuerdo. Y eso fue todo, volví al pueblo y a mi vida entre el bosque y mi pequeño huerto. Todo siguió así hasta que aparecisteis vosotros dos para meter las narices en esta historia no sé por qué motivo.

–Tal vez porque es el momento de cerrar los círculos –le recuerdo.

–Sí, supongo que eso debe de ser.

–¿Y las otras cartas? –quiere saber Sofía.

–Ya os lo he dicho, no las encontré. No había manera de saber dónde buscarlas, y *ellos* no quisieron decírmelo.

–Seguramente porque sabían que pretendía destruir una historia de amor que les encantaba –le respondo con rabia.

¡Increíble! He acabado dando por buena la existencia de esos seres que la pobre anciana inventó para sentirse menos sola.

Cuando nos vamos, no nos despedimos, simplemente salimos de allí y la dejamos sentada en la misma butaca en la que ha permanecido mientras nos contaba una historia dramática para todos aquellos que la vivieron en un tiempo no menos trágico.

Una historia entre el amor y la guerra..., donde dicen que todo vale.

10. La ceremonia del perdón

Las vacaciones van agotando su tiempo y ya solo faltan un par de días para que se acaben, aunque no puedo decir que no hayan sido intensas. Nada de lo que me ha sucedido podía ni siquiera imaginarlo cuando me acercaba a este pueblo con la idea de aburrirme mucho. Sin embargo, ha sido más bien al contrario y creo que recordaré este verano durante bastante tiempo.

Después del final de la historia, todo se ha calmado mucho y he podido dedicarme a dibujar con tranquilidad, como me apetecía, y la verdad es que he disfrutado probando enfoques diferentes. Ya veremos por dónde acaba saliendo todo esto y cómo afecta a mi estilo.

He ido con Sofía a pescar o a bañarnos casi a diario, a veces con el idiota de su hermano y sus amigos y a veces solos. También nos hemos perdido en el bosque, recorriendo caminos y adentrándonos por lugares que no parecían recibir visitas humanas muy a menudo.

Somos muy amigos.

También he trabado amistad con Alfonso y voy a verlo a diario a la biblioteca. Charlamos, le ayudo a encontrar cosas por internet o a poner en orden los libros. Me cuenta anécdotas de su vida y yo de la mía.

Hablamos de Rosalía, me ha revelado muchas más cosas de ella, describiéndomela hasta el punto de que ya me hago una imagen mental de cómo era.

No le he dicho que murió.

No voy a contárselo a estas alturas.

Es mejor que siga pensando en esa chica menuda y de cabellos oscuros a la que siempre ha amado, que sueñe con ella, que la imagine paseando por Barcelona o cuidando de sus nietos.

Que siga enamorado.

Le he enseñado muchos de mis dibujos y hemos discutido sobre mi manera de reflejar algunas cosas. Él no intenta cambiarme y quizá precisamente por eso al final lo logre. Estos días he hecho algunos esbozos diferentes, menos cargados de oscuridad.

Me he arriesgado.

Al final, he dibujado la cara de Rosalía tal y como yo me la imagino y se la he regalado a Alfonso.

–Esto es... increíble. Es ella, te lo aseguro. Es como si la hubieras conocido, como si la tuvieras delante cuando la has dibujado. Yo... no sé cómo agradecértelo.

–Ya lo has hecho –le respondo.

–¿Ah, sí? ¿Cómo?

–De muchas maneras.

Se lo ha llevado a casa y me ha dicho que lo colgará en el comedor después de hacerlo enmarcar.

–Así cenaré con ella cada noche –me ha confesado emocionado.

Tal vez sea capaz de dibujar cosas diferentes. Tal vez pueda intentar combinar los zombis con los vivos, la oscuridad con la luz, el terror con la realidad... Ya veremos, de momento no me pongo límites.

Mamá y papá parece que también están pasando unas buenas vacaciones. Para mi madre está siendo como un reencuentro con su infancia, ya casi olvidada, y con su propia madre. Los vecinos la han acogido como siempre hacen en estos casos en los pueblos pequeños, como uno de los suyos que se fue, pero que siempre tendrá un lugar en estas calles. En las tiendas le dan conversación y le preguntan por la abuela y por sus últimos años. Eso la ayuda a recordar y a superar su pena.

En cuanto a mi padre, bueno, sigue empeñado en reformar la casa para que sea un lugar más amigable al que venir a pasar los fines de semana y las vacaciones. Ha cambiado de sitio la mitad de los muebles, casi ha vaciado el trastero de cosas inservibles, siempre bajo la supervisión de mamá, que no permite que se tire nada que crea que querría conservar la abuela. También ha pedido presupuesto para instalar una entrada de garaje en la parte de atrás e incluso ha planteado derribar un par de paredes para ganar espacio y luz. Por fuera, poco se puede hacer, la casa, al igual que el pueblo, es fea y lo seguirá siendo, pero mantiene lo bueno dentro.

Escondido, solo a la vista de los que quieran ir más allá de la fachada.

Así, los días han ido pasando y ya empezamos a recoger para la vuelta. El tiempo, que ha estado como detenido durante estas semanas, parece que vuelve a acelerarse, anticipando nuestro regreso a los horarios y a las prisas. Voy a echar de menos levantarme sin tener planes, algo que jamás habría dicho que me pasaría.

Sin embargo, cuando todo parece deslizarse suavemente hacia un final de vacaciones tranquilo y hasta monótono, han aparecido nuevas sorpresas.

Cabos sueltos de una historia en la que todavía quedan detalles por descubrir.

Esta mañana he encontrado algo del todo inesperado en el enorme buzón que hay en la puerta principal de la casa. Un sobre con mi nombre escrito a mano y sin remitente.

Conozco la letra.

Dentro he encontrado una cosa que me ha dejado sin habla. Lo primero que he hecho ha sido ir a enseñársela a Sofía.

–¡¿Es lo que creo que es?!

–Sí –le he respondido mientras ella acababa de desayunar a toda prisa.

Cuando hemos salido, nuestros pasos se han dirigido a la plaza, donde los árboles frondosos filtran el sol, dejando que te alcance su calor, pero sin llegar a asfixiarte.

Entonces la hemos leído juntos.

¡La primera carta de Rosalía!

Solo una cuartilla, pero la misma letra redondita y femenina.

Mi amado Pablo:

Al leer el nombre del abuelo, algo se remueve en mi interior. Sigue costándome imaginarlo de joven, ciego de amor por esta chica y condenado a ir a una guerra en la que no debería haber participado, como ninguno de los implicados.

Sofía me mira sorprendida de encontrar ese nombre en la carta cuando en todas las otras que hemos visto se cuidaba mucho de no dejar constancia de nada que pudiera identificar al destinatario.

–Esta debió de hacérsela llegar directamente a mi abuelo para que supiera que iba a esconder otras cartas para él –le explico.

No sé si eso es cierto o no, pero me parece lógico.

Mi amado Pablo:

Dejo esta carta en tu casa para que la encuentres cuando vuelvas. Me he colado ahora que está cerrada y he ido a tu habitación para ponerla en el escondite secreto que una vez me contaste que tenías en la puerta del armario de tu habitación. La he dejado junto con las cosas que guardas allí, incluidos esos cromos de animales que tanto te gustan. Estoy segura de que cuando regreses buscarás tus tesoros y allí encontrarás mi carta.

Te marchaste sin que pudiéramos despedirnos y he estado loca de sufrimiento desde esa noche. No alcanzo a comprender cómo no pudiste hacerme saber que te ibas, lo único que soy capaz de imaginar es que te fue imposible del todo. Sé que ha habido denuncias y que vosotros estabais en la lista. Alfonso ha venido a verme y me lo ha contado, aunque no me ha dicho cómo lo ha descubierto. Seguro que también te lo ha dicho a ti y que por eso os habéis marchado tan deprisa. En mi casa dicen que si os hubierais quedado, tu padre habría acabado fusilado por fascista y traidor. No lo entiendo, no comprendo de dónde sale tanto odio.

Ahora estás lejos y lo estarás durante mucho tiempo y le pido a Dios que te cuide y que no permita que te pase nada. Los domingos voy con mi madre a la iglesia de San Gabriel, y aunque mi padre dice que eso no tendríamos que hacerlo porque hay algunos exaltados que ven a los que van a misa como traidores, nosotras seguiremos acudiendo a rezar por nuestra familia, por el pueblo y porque cese esta locura que enfrenta a unos contra otros, a vecinos, a hermanos y a amigos. No sé por qué ha empezado ni me importa, pero le ruego a Dios que se acabe pronto. También rezo por ti y por nosotros, para que un día podamos vivir en paz nuestro amor.

Mientras tanto, seguiré escribiéndote a menudo y dejaré las cartas en nuestro bosque. Podrás encontrarlas fácilmente si recuerdas los lugares donde hemos vivido nuestro amor, que todavía no ha tenido tiempo de crecer pero que ya es fuerte y resistente. Así verás que mi amor por ti sigue vivo a pesar de todo este infierno.

Un día regresarás y seremos como uno solo para el resto de nuestras vidas. Mientras tanto, sigue las pistas y encontrarás las pruebas de mi amor.

Infinitamente tuya.

Tras la más alta torre del bosque crece la espina en el pozo. Busca la luna creciente que surge entre los granitos.

Mientras Sofía acaba de leerla, pienso en eso de los cromos y me doy cuenta, quizá por primera vez desde que todo esto ha empezado, de que tanto mi abuelo como Rosalía eran poco más que niños cuando les sucedió todo eso. Intento componerme mentalmente la imagen de mi abuelo con más o menos mi misma edad, coleccionando cromos de animales, manteniendo un amor secreto y también a punto de coger un fusil para ir a matar a otros chicos como él. ¡Ufff! ¡Qué duro debía de ser vivir entonces!

–¿Cómo te ha llegado? –me dice Sofía cuando acaba.

–Mira el sobre –le digo mostrándoselo–. ¿Ves la letra? Creo que me la ha dejado Alfonso.

Ella me mira con sorpresa.

–¡¿Alfonso?!

–Sí, conozco su letra, la he visto en las fichas de la biblioteca y yo acostumbro a fijarme en esas cosas. Debe ser por lo de los dibujos o yo qué sé. El caso es que estoy seguro de que me la ha hecho llegar él.

–Tendremos que preguntarle de dónde la ha sacado, ¿no?

–Sí, pero lo primero es lo primero... –le digo señalando la parte de la carta donde Rosalía escribió la pista para encontrar la siguiente carta.

–¡Volvemos al juego! Esta es la primera carta, de manera que podremos ir encontrando todas las demás.

Estamos entusiasmados, dispuestos a jugar.

Pero el juego termina pronto esta vez, o, mejor dicho, queda cortado.

Nos ha costado poco más de media hora descubrir que ese era el final del camino. Sofía enseguida ha descubierto que lo de la «torre más alta del bosque» se refería a un roble especialmente alto y frondoso que todavía se encuentra en el camino del río, a la salida del pueblo. Mi abuela ya me había enseñado ese árbol en otras ocasiones y me contaba que cuando ella era pequeña, algunas familias venían a comer debajo de su sombra porque ya era muy grande. Es extraño que el primer escondite no estuviera dentro del bosque, aunque tal vez Rosalía pensó que ese era un lugar fácil de encontrar para empezar.

Lo de la espina en el pozo tampoco nos ha costado mucho porque desde el lugar donde crece ese gran árbol se distingue con claridad una gran extensión de zarzales que, seguramente, siempre ha estado ahí. Además, tras esos arbustos, hay un pequeño manantial del que brota agua fresca, aunque hay un letrero que dice «AGUA NO POTABLE».

Lo de la luna creciente ha sido lo más difícil, ya que hemos estado todo el rato buscando marcas en el suelo porque pensábamos que todas las cajas estaban enterradas, como las que habíamos encontrado. Al final, la hemos visto por pura casualidad al ir a refrescarnos en el caño cuando el calor ya apretaba. Al levantar la vista, he descubierto un símbolo medio borrado en una piedra que, observándolo de cerca, parecía una media luna: la luna creciente. Es muy extraño este símbolo, que no cuadra con el que hemos encontrado después en las cartas, pero no podemos saber la razón. Haciendo palanca con un hierro que había tirado en un contenedor cercano, la piedra ha saltado, descubriendo un hueco.

Un hueco vacío.

Nuestro entusiasmo al pensar que podríamos seguir las pistas y descubrir todas las cajas se ha desinflado en un instante. Le hemos dado muchas vueltas, hemos releído la carta cincuenta veces, pero no hemos sabido por dónde continuar.

El juego ha terminado.

Después de un rato, hemos ido a ver a Alfonso para que nos contara por qué tenía esa carta, por qué no lo había dicho antes y por qué nos la ha dado ahora de esa manera. Es lo único que podemos hacer.

No lo hemos encontrado. Al parecer, tenía hora en el médico en Monistrol, según nos ha dicho la bibliotecaria.

–Además –ha añadido–, él no tiene horario fijo porque viene de forma voluntaria, o sea que aparece por aquí cuando quiere.

Por la tarde he vuelto yo solo porque Sofía tenía que ayudar a su madre con algo de la farmacia. En cuanto Alfonso me ha visto llegar, ha adivinado a qué venía, así que no ha tratado de disimular.

–Eres un chico listo... –me dice sonriendo–. No pensé que reconocerías la letra tan rápido.

No le respondo, pero no porque esté enfadado, sino solo bastante sorprendido. Necesito escuchar sus explicaciones.

–Tu abuelo Pablo y yo éramos amigos desde pequeños, habíamos jugado al fútbol, ido juntos al colegio, cazado pájaros en el bosque. Cuando la guerra ya era inminente, ya te he contado que yo me apunté con los anarquistas y él no pudo acompañarme. Su padre era muy conservador y él no quería traicionarlo, de manera que optó por no hacer nada. A las pocas semanas de empezar la guerra, supe por casualidad que en pocos días iba a haber una batida en el pueblo para atrapar a simpatizantes del otro bando. Me enteré porque yo estaba en Monistrol cuando se estaba organizando la partida y un compañero que iba a participar me lo comentó. Me adelanté y avisé a Pablo.

–Tú evitaste que los cogieran.

–Hice lo que debía, sin sospechar siquiera que la denuncia había partido de mi propia hermana, que se había enterado de que tu abuelo era la persona a la que amaba Rosalía.

–Pero tú me dijiste que no sabías que mi abuelo y Rosalía... –lo interrumpo.

–Por aquel entonces lo ignoraba.

–Los salvaste... Salvaste a mi familia de que los fusilaran.

–Y también los condené al exilio y a la muerte. Mi hermana hizo lo que hizo pensando en mí, aunque estuviera equivocada. No le he vuelto a dirigir la palabra desde entonces, pero lo cierto es que una parte de la responsabilidad fue mía.

–Yo no lo creo.

–Bueno, eres muy amable, pero lo hecho, hecho está. No volví a ver a tu abuelo hasta mucho tiempo después, cuando volvió de la guerra, resentido y amargado, igual que la mayoría de los que pasamos por esa terrible experiencia. Él era de los ganadores y yo de los perdedores. Pasé seis meses en la cárcel por el solo hecho de haber combatido con los republicanos, pero al final salí y pude regresar al pueblo. Pablo podía haber hecho que me mataran con solo decir que yo estaba con los anarquistas, pero no lo hizo, supongo que por cierta gratitud por haberlos salvado en su momento. En cualquier caso, ya nunca volvimos a ser amigos. Simplemente nos saludábamos por la calle y poco más. Con el tiempo incluso llegamos a intercambiar algunas palabras, pero no hablamos nunca de los tiempos pasados... ni de Rosalía.

–¿Cuándo supiste que Rosalía y él...?

–Poco después de que tu abuelo se fuera mi hermana intentó que yo aprovechara la ocasión para acercarme a Rosalía. Yo dudaba porque ella ya me había dicho que su amor estaba con otro..., y entonces Leonor me lo contó todo. Me dijo que esa persona era Pablo y que ya no iba a ser un obstáculo. Al final, acabó confesándome que las denuncias habían sido cosa suya como venganza y para que yo tuviera mi oportunidad.

Me mantengo en silencio por si quiere continuar hablando de esa experiencia dolorosa, pero no lo hace, así que decido cambiar un poco de tema.

–¿Cómo es que tú tenías esa carta?

–Alguien me la hizo llegar a los pocos días de volver de la guerra, mucho antes de que Pablo regresara.

–¿Quién?

–Nunca lo supe, simplemente un día la encontré en mi bolsa, la que utilizaba para cargar herramientas cuando salía a buscar trabajo. Ese día estaba ayudando a reparar el pozo que estaba en la plaza, justo enfrente de la mercería que tenían antiguamente los padres de tu abuela Luisa. La bolsa estuvo toda la mañana en la calle, al alcance de cualquiera, o sea que no hay manera de saber quién me la dejó ahí.

–¿Qué hiciste?

–Bueno, verás, cuando regresé al pueblo después de las últimas escaramuzas, ya con la guerra perdida, y no encontré a Rosalía, la busqué por todas partes, pero nadie sabía dónde se habían marchado. Su padre había apoyado públicamente a los republicanos, así que, como muchos otros en su caso, habían decidido desaparecer del mapa para evitar las represalias. Ya había perdido toda esperanza de localizarla cuando me llegó esta carta, así que traté de encontrar la siguiente, como habéis hecho vosotros.

–¿Y lo lograste?

–No, cuando llegué a la fuente, el hueco donde se encuentra la marca estaba vacío, y allí se acabó mi búsqueda. Además, en esos años mis problemas eran también otros, como por ejemplo comer cada día o evitar que me pegasen un tiro los falangistas que a veces aparecían por el pueblo buscando republicanos a los que apresar y hacer desaparecer. Después de la experiencia de buscarla en Barcelona, traté de olvidar, por eso guardé la carta y ya no la recordé hasta que tú y Sofía aparecisteis por aquí preguntando sobre la guerra.

–¿Por qué no me lo contaste cuando te expliqué lo de las cartas que habíamos encontrado en el bosque?

–Sencillamente no pensé que lo averiguaríais todo. Aquello era una historia ya pasada que no tenía sentido reabrir. Fueron tiempos difíciles para todos, hicimos muchas cosas de las que no nos sentimos orgullosos.

Por unos instantes guarda silencio. Creo que tanto él como yo sabemos cuál es la pregunta que queda por responder.

Es el momento de formularla.

–¿Nunca se lo contaste a mi abuelo?

Me mira con algo que parece profunda tristeza en el fondo de sus ojos. A pesar de su edad, a pesar de todo lo que ha vivido, aún parece que hay cosas que lo conmueven.

Espero que su respuesta sea tan sincera como esa mirada.

–No, no lo hice y me he arrepentido muchas veces de ello. Al principio sentí rabia contra él y contra Rosalía. Pensé que Pablo me había traicionado al no contarme nada de aquello cuando yo era su amigo. También me enfadé con Rosalía por no atreverse a decirme quién era aquel al que amaba. Naturalmente ninguno de los dos tenía culpa alguna. El auténtico motivo por el que sentía aquello era mi impotencia, mi rencor por no ser yo el elegido, por no merecer un amor que me consumía. Ellos no hicieron nada malo, solo esconder una relación peligrosa para que no los dañara ni a ellos ni a sus familias. Vivían rodeados de odio por todas partes y no tuvieron alternativa.

Si tenía dudas sobre si iba a ser sincero conmigo, han desaparecido al escucharlo admitir su propia responsabilidad.

–Me cegué, lo admito, la rabia hizo que decidiera poner trabas a ese vínculo para intentar destruirlo y aprovecharme de la situación. Después, cuando descubrí que yo tampoco podía localizar a Rosalía, me arrepentí y pensé muchas veces en contárselo. Sin embargo, ya te he explicado que el período después de la guerra fue muy duro para todos. Tu abuelo estaba cambiado y yo también, pasé unos meses en la cárcel, Rosalía seguía desaparecida... Además, no sabía cómo revelarle que la denuncia que provocó que tuvieran que huir e indirectamente la muerte de sus padres era culpa de mi hermana. El tiempo fue pasando y cada vez se me hacía más difícil y luego él se casó con tu abuela. El caso es que, por una u otra razón, no llegué a decírselo nunca.

Me mira con vergüenza porque sabe que su comportamiento privó a mi abuelo de la posibilidad de encontrar a Rosalía. Tal vez igualmente no lo hubiera logrado, pero...

–He lamentado muchas veces no decirle nada. Solo espero que me haya perdonado antes de morir.

–Un poco tarde, ¿no? Murió sin saber ni cómo se llamaba su propia hija, así que dudo que encontrara la ocasión para perdonarte.

Me mira como si acabara de abofetearlo y se va a la recepción, donde ha aparecido un niño con su madre para devolver un libro infantil.

Cuando vuelve, sigo enfadado. Es verdad que no puedo juzgar algo que pasó en unas circunstancias totalmente anormales, en un mundo que se había vuelto del revés, en unas vidas destrozadas por el horror y el sufrimiento. Pero lo que hizo Alfonso está mal y él lo sabe.

–Tal vez tu abuelo no tuvo tiempo de perdonarme, pero a lo mejor tú sí puedes hacerlo.

–Yo no... A mí no me toca...

–No digas eso, a cualquiera de nosotros nos puede tocar perdonar incluso en la peor de las situaciones en que la vida puede ponerte.

–No se trata de eso, yo no...

–El perdón puede aflorar en cualquier momento, por tarde y difícil que sea. Ven, siéntate un momento y acabaré de relatarte el final de una historia que nunca debió suceder y que marcó mi vida para siempre. Como ya te dije una vez, creo que tú has venido para cerrar los círculos que quedaron abiertos y es mejor hacerlo ahora, cuando todavía hay tiempo.

–¿Qué quieres decir?

–Ven, siéntate aquí –me dice tendiéndome una silla de madera tosca que hay en la sala de lectura.

Él toma otra y se sienta delante de mí. Al final de la sala adivino las fotos de esos muertos y las frases contra la guerra.

–A pesar de todos los horrores que viví mientras duró la guerra, nunca olvidé mi participación en los fusilamientos de los que te hablé, y en especial algunos de los rostros y de las miradas que tuve que contemplar justo antes de apretar el gatillo. ¿Recuerdas que te conté que conocía al dueño de la alfarería que murió junto con su hijo Juan?

–Sí, lo recuerdo.

¡¿Cómo olvidar esa escena?!

–Cuando marché a la guerra, llevaba la cara de ese niño cosida en la cabeza. No podía dejar de ver cómo miraba a su padre, que se estaba orinando del miedo. En cambio, él no estaba aterrorizado porque no entendía que ambos iban a morir allí al cabo de unos segundos, solo estaba extrañado, cogiendo la mano de su padre y observando cómo este se lo hacía encima.

Mantengo silencio porque no puedo hacer otra cosa.

Recuerdo que la abuela a menudo me decía que cada uno debe enfrentarse a sus fantasmas en soledad y silencio.

–Por mucho que sufriera en las batallas en las que participé y por muchos muertos que viera, cuando volví al pueblo, no había olvidado esa cara. Además, desde que supe que había sido mi propia hermana la que los denunció solo para encubrir su inquina hacia la familia de tu abuelo, cargué durante mucho tiempo con una gran culpa. Así que un día, cuando todo estaba ya más calmado, me armé de valor y fui a ver a la mujer del alfarero, que todavía vivía allí. La tienda estaba cerrada y ella se dedicaba a hacer trabajos en la casa de unos nacionales ricos que se habían instalado en Monistrol para poner en marcha de nuevo la colonia textil. Me recibió y escuchó la historia que yo le conté entre lágrimas desesperadas. Hacia el final, le pedí perdón, de rodillas incluso, le supliqué que me perdonara y ella se levantó y salió de la sala sin decir nada. Recuerdo que su hija pequeña, la única que había sobrevivido, me miraba fijamente desde la puerta del comedor, sin atreverse a acercarse a mí, como si yo fuera una especie de monstruo.

Una nueva pausa para tomar aire.

–Dos semanas más tarde, un día que salía temprano a buscar trabajo, me encontré a esa mujer en la puerta de mi casa, esperándome. No me habló, pero empezó a andar en dirección a la salida del pueblo y yo la seguí. Se metió en el bosque por un camino de tierra y avanzamos por allí un buen rato. Ella iba delante, balanceando una bolsa de tela en la mano y sin girar la cabeza en ningún momento. Yo me mantenía a unos metros de distancia, también en silencio, y más cuando comprendí adónde me llevaba.

–Ibais a donde los fusilaron, donde murió la mayor parte de su familia –me adelanto.

–Sí, allí me llevaba aquella mujer que caminaba con el peso de su dolor pero con la cabeza muy alta. Llegamos y ella sacó unas flores de la bolsa y las depositó en la tumba que algunos del pueblo habían levantado con piedras y argamasa. Esa lápida fue destruida después por algunos revolucionarios exaltados, pero fue reconstruida a finales de los sesenta tal y como está ahora.

–¿Te dijo algo?

–No, solo puso las flores y creo que rezó en voz baja. Luego se dio media vuelta y se fue. A su manera, sin ser capaz de decírmelo, creo que me había perdonado.

–¿Por qué ese día?

–Era el aniversario del día en que maté a su marido y a su hijo mayor.

Después de oír eso, creo que todavía me atrevo menos a juzgar a Alfonso y a cualquiera que tuviera que vivir cosas como aquellas, fueran del bando que fuesen.

No hay bandos, sino personas.

Escogiendo sus caminos en medio de la oscuridad.

–A partir de ese día, cada año en la misma fecha de finales de verano, fui a esa tumba a llevar unas flores. Allí me encontraba con esa mujer, Pilar se llamaba, y estábamos juntos unos minutos recordando a esas personas que murieron sin razón alguna. Nunca llegamos a hablarnos, ni siquiera a mirarnos a la cara, pero esa ceremonia del perdón nos permitió a ambos continuar hacia delante. Cuando ella murió, yo continué yendo año tras año y algo después me encontré con su hija, que desde entonces va allí todos los años a depositar flores. Tampoco ella me ha dirigido jamás la palabra.

–¡Ufff!

–Te contaré algo más, algo que no sé si es divertido o no, pero que por lo menos resulta interesante de escuchar. Mi hermana dice que desde ese día, desde que se produjo esa especie de ceremonia, los seres que habitaban en el bosque y que habían enloquecido por la guerra volvieron a ser buenos y amables con los otros seres vivos. Eso es lo que contaban por aquí, aunque ahora ya muchos lo han olvidado.

Lo miro con escepticismo y veo que sonríe con malicia, como debía de sonreír cuando todavía era un chico sin muertos en la conciencia.

–No me mires así –me dice–. Nadie sabe cuánto hay de verdad en esas historias. Después de todo, el perdón es una herramienta mágica.

Mientras hablamos, recogemos la sala y nos dirigimos a la salida. Allí, a través del cristal, veo que hay una anciana esperándonos en la puerta. Alfonso se detiene al verla. Ambos la conocemos, es su hermana.

–Hablando de perdón –le digo poniendo una mano en su brazo–. Tal vez sea un buen momento para que practiques tú también esa magia que dices que tiene.

Él me mira y aparecen en sus ojos señales de una cierta emoción. Responde a mi apretón y me dice con la voz casi rota:

–Tal vez tengas razón.

Me dirijo a la salida para dejarlos solos. Tienen mucho de qué hablar.

Cuando ya estoy cerca, recuerdo una cosa y vuelvo atrás.

–Por cierto, la bibliotecaria me dijo que habías ido al médico. ¿Todo bien?

–Todo bien –me responde–. El camino hacia el final sigue despejado.

No acabo de entender esa respuesta, pero prefiero dejarlo así y pensar que de momento nada malo le ocurre. Soy consciente de la edad que tiene y por eso lo único que cuenta es el presente.

Al pasar al lado de Leonor, la saludo con la cabeza y ella me responde con un amago de sonrisa.

El perro zombi no entra con ella cuando su hermano le aguanta la puerta.

11. Cerrando ventanas

Hoy nos marchamos.

Recorro la casa con la sensación de haber vivido aquí un verano muy especial y también de haber conocido a personas que valen mucho la pena. Intercambiaré mensajes de wasap con Sofía y me ha prometido que me mantendrá al corriente de cómo se encuentra Alfonso y que colgará alguna foto en Instagram del río o del bosque para que pueda ver el escenario de nuestra aventura.

Estos últimos días ha estado enfermo y a su edad cualquier cosita es peligrosa. Sin embargo, ha tenido quien lo cuidara.

Su hermana Leonor y el perro zombi se instalaron en su casa mientras estuvo en cama. Después se fueron a la suya, pero la reconciliación es un hecho.

Más de setenta años después.

Contemplo las habitaciones de la primera planta y no puedo dejar de pensar en Rosalía colándose allí para esconder su carta, la primera de una serie en las que le declaraba su gran amor a mi abuelo. Ignoro si por entonces él dormía en la que es ahora la habitación de mis padres o si en estos años han cambiado la distribución. Mi madre dice que no, pero no tiene ni idea de si lo hicieron antes de que ella naciera.

Ahora sabemos casi todo lo que pasó, aunque algunas cosas quizá jamás las averigüemos. Por ejemplo, quién hizo llegar la carta a Alfonso, o quién sacó la caja del escondite de la fuente y qué hizo con ella. Tampoco será posible saber por qué Rosalía dibujó en el primer escondite un símbolo diferente al que después utilizó en todos los que encontramos. Primero una luna y después esa marca de dos trazos con un semicírculo que los atraviesa e ignoramos qué significa. Seguramente jamás lo descubriremos, aunque a lo mejor algún día aparecen las cartas que faltan y que todavía deben de estar bajo el suelo del bosque.

Lo he hablado con Sofía y ella se ha encogido de hombros y me ha dicho:

–Lo importante es lo que sabemos.

Siempre es así, positiva, valora lo que ha conseguido.

En cambio, yo acostumbro a pensar en lo que me falta.

En el comedor me quedo mirando la foto de mis abuelos cuando se casaron. Es en blanco y negro, o, mejor dicho, en varios tonos de gris. Mi abuela va vestida toda de blanco y sujeta con firmeza un ramo de flores que imagino que serán también blancas, aunque quizá fueran amarillas. Lleva un collar que todavía conservaba en los últimos años y que ha pasado ahora a mi madre. Ella lo guarda en un cajón porque no quiere ponérselo, aún no hace tanto que la abuela murió. En la foto tiene esa mirada de determinación que mantuvo durante toda su vida, especialmente cuando decidió que iba a enfrentarse ella sola al alzhéimer del abuelo.

En cuanto a él, lamento que prácticamente no llegáramos a conocernos. Me habría gustado saber cosas de su difícil vida. En la foto se lo ve serio, con la cara levantada pero con un cierto gesto de incomodidad, como si eso de posar para la cámara no fuera mucho con él. Lleva un traje chulo con un pañuelo que le sobresale del bolsillo. Estaba muy elegante, pero no parecía demasiado cómodo así vestido. Con una mano ayuda a la abuela a sujetar el ramo y tiene la mirada perdida en el horizonte, quizá pensaba en Rosalía.

Hablé con mamá de eso, aunque saltándome la historia de las cartas y de Alfonso.

–Una vez la abuela me contó que él se marchó a la guerra enamorado de una chica y que todavía lo estaba cuando volvió, pero ¿tú de dónde lo has sacado? –me pregunta sorprendida.

–Bueno, esto es un pueblo y la gente lo sabe todo de los demás. Incluso cómo me va en el insti.

–Sí, ya, en parte por eso mismo me marché de aquí. Bueno, lo que me dijo la abuela es que ella ya lo tenía *fichado* desde hacía bastante tiempo, pero que no se atrevió a insinuarle nada porque sabía que su amor estaba destinado a otra mujer. El abuelo volvió bastante tocado de la guerra, como la mayoría de los que participaron en ella, pero con el tiempo, se fue ajustando a la vida de aquí. Al final, esto es un pueblo de campo y su ritmo siempre acaba imponiéndose. Importa más si las judías crecen bien que quién manda en el país. En cualquier caso, todos hicieron cuanto pudieron para seguir adelante. El abuelo vivía aquí solo, se había quedado sin familia tras la guerra, de manera que la abuela, sin cortarse un pelo, y eso en aquella época era del todo escandaloso, se ofreció a ayudarle con la intendencia. Venía aquí un par de veces a la semana y ordenaba la casa, cosía, planchaba, ya sabes, esas cosas.

–¿Era la sirvienta?

–¡No, no! ¡Qué va! Ella lo hacía solo por estar cerca de él.

–Vaya con la abuela Luisa.

–Sí, ya la conocías, era todo un carácter. Bueno, el caso es que eso le trajo bastantes problemas con su familia, pero no se echó para atrás. Al final, se salió con la suya y el abuelo se le declaró en este mismo comedor. Pidió permiso a los padres de ella y empezaron a salir juntos. Al cabo de dos años se casaron y se vinieron a vivir aquí. La abuela me contaba que ella ya tenía la casa ordenada a su gusto cuando llegó. ¡Ja, ja! Incluso me dijo que antes de instalarse aquí ya había cambiado de lugar los muebles de las habitaciones y tirado un montón de cosas inútiles que había encontrado.

De repente, siento como si mis piernas flaquearan... *¡¿La abuela Luisa?!*

–Mamá... –le pregunto tratando de que no se me note el temblor en la voz–. ¿La abuela te contó alguna vez si encontró una colección de cromos de animales de cuando el abuelo era pequeño?

Mi madre me mira con cara extrañada y trata de hacer un esfuerzo por recordar. Mientras tanto, mi cerebro va a toda velocidad.

La abuela enamorada del abuelo, casi vive en su casa, remueve las habitaciones, cambia los muebles, tal vez los armarios, los limpia por dentro, encuentra el escondite..., la carta.

Rosalía..., una rival en su camino...

–No que yo recuerde, pero de eso ya hace mucho.

Trato de seguir el hilo de lo que pasa por mi cabeza.

La bolsa de Alfonso en la calle sin vigilancia, justo enfrente de la mercería...

Sabe que Alfonso está enamorado de Rosalía..., ve su oportunidad.

Se decide...

–¿Y el abuelo nunca te contó más cosas de esa chica a la que buscaba cuando volvió? –le pregunto finalmente.

–No, ya sabes que todo lo relacionado con la guerra era para él como un baúl cerrado. Solo una vez me habló de ese tema.

Se detiene como si dudara si contármelo o no. A veces creo que mamá no se da cuenta de que ya no soy un niño. Tal vez el hecho de ser adoptado le provoca esa sensación de tener que protegerme más de la cuenta, por lo menos eso dice la doctora a la que voy una vez al año a pasar lo que mamá llama *mi ITV*. Es una mujer divertida y que dice las cosas directamente y sin rodeos. Una vez le dijo algo que todavía me hace sonreír.

–Verás, tu hijo es ruso, pero también es tuyo. Nada cambiará ninguna de las dos cosas, así que deja de temer por él y por ti y dedicaos a vivir la vida. Cuando te des cuenta ya no será tu niño, pero seguirá siendo tu hijo para siempre.

Mamá ese día se emocionó, pero no estoy seguro de si captó el mensaje del todo.

–¡Vamos, mamá, cuéntamelo!

Me mira y sonríe de esa manera con la que las madres sonríen a sus hijos, sean rusos o de cualquier otra parte del mundo.

–Vale, vale. Verás, un año, durante las fiestas del pueblo, el abuelo se emborrachó un poco...

–¿El abuelo? Si nunca lo he visto beber más que un vasito de vino en las comidas.

–No bebía, pero ese año no sé qué pasó que estuvo bebiendo y regresó a casa algo *tocado*. La abuela Luisa no estaba porque esa noche hacían una tómbola en las fiestas y ella tenía el turno de última hora. Yo volvía a casa después de divertirme con las amigas. Estaba cansada y por la mañana tenía que estudiar en la biblioteca.

Sonrío al pensar en mi madre yendo a la biblioteca, saludando a Alfonso... Si ella se imaginara...

–El caso es que cuando entré en casa, me di cuenta de que algo pasaba. Todas las luces estaban encendidas, las del comedor, las de la cocina, las del baño..., todas. Y en la primera planta igual. Llamé a tu abuelo porque pensé que solo podía ser él el que estuviera en casa, pero nadie contestó. Se escuchaban ruidos arriba, en el trastero...

–¿Te asustaste?

–Un poco... Bastante. Estaba por irme a buscar a alguien, pero me dio rabia pensar que haría el ridículo si al final era mi propio padre el que estaba allí arriba buscando algo, aunque fuesen pasadas las dos de la mañana. Así que me armé de valor y subí, llamándolo a cada momento pero sin obtener respuesta. Cuando llegué al trastero, vi que tu abuelo estaba en un rincón, sentado en el suelo y con las manos tapándole la cara. Estaba llorando como un niño de tres años. Me acerqué a él y al principio pareció no reconocerme. Después, siguió llorando y balbuceando cosas inconexas sobre algunas de sus experiencias en la guerra.

–¿Qué tipo de cosas?

En realidad yo estoy deseando que me cuente algo sobre Rosalía, pero no quiero desperdiciar la ocasión de conocer más detalles de esa guerra que no conozco, la versión de mi propia familia.

–Cosas terribles..., matanzas en las que participó, hombres que murieron a su lado, amigos y compañeros que salieron un día y no regresaron, algunos que no aguantaron tanto horror y se pegaron un tiro, cosas así.

No es diferente a lo que me describió Alfonso. Está claro que, fueras del bando que fueses, había una cosa en común: el horror.

–¿Qué pasó después?

–Yo estaba bastante asustada, pues nunca lo había visto así, pero me quedé a su lado y esperé a que se fuera calmando poco a poco. Cuando lo hizo, fue como si volviera de algún lugar muy lejano. Con la voz casi rota y muy baja, tanto que yo tenía que acercarme mucho para entender lo que me decía, me habló de esa chica de la que estaba enamorado.

–¿Rosalía? –me sale sin darme ni cuenta, con la naturalidad de quien ya la conoce... un poco.

–Sí, ¿cómo sabes su nombre?

–Ya te he dicho que estos días han ido apareciendo cosas relacionadas con esa chica –trato de disimular–. Alfonso, el señor mayor que ayuda en la biblioteca, me ha contado un poco por encima algunas historias del abuelo de cuando era joven.

–¿Alfonso? ¡Ah, sí, el señor Dueñas! Era el encargado de la biblioteca cuando yo estudiaba en Barcelona y cuando se jubiló lo dejaron que siguiera ayudando allí. En verano yo iba a menudo y pasaba ratos largos preparando los exámenes de septiembre y...

–¿Suspendías?

Se pone algo colorada y nerviosa... ¡Así que suspendía!

–Eso da igual... –me dice para quitarse el tema de en medio–. Qué curioso eso que dices del señor Dueñas. Que yo sepa no era muy amigo del abuelo. Cuando se cruzaban apenas se saludaban y nunca los vi pararse a charlar. Me pregunto qué sabrá ese señor de las cosas de nuestra familia.

–Bueno, supongo que todo se sabe en sitios como este.

–Esa fue una de las razones por las que me marché. La verdad es que nunca habría dicho que a ese señor le gustara meterse en los asuntos de los demás. Parecía un hombre serio y discreto. Está claro que no te puedes fiar de nadie aquí.

Sonrío sin que ella me vea.

Algún día le contaré cosas sobre Alfonso y sobre su relación con esta familia.

Pero no será hoy.

Parece que la conversación se acaba aquí. Dudo sobre si preguntarle a mamá si cree que el abuelo todavía estaba enamorado de Rosalía cuando se casó con la abuela. Decido no hacerlo por respeto a la abuela, tal vez incluso ni ella misma supiera la respuesta.

Precisamente por eso hay una pregunta que todavía rebota en mi cabeza: *¿Fue la abuela Luisa la que hizo llegar la carta a Alfonso para quitarse de en medio a Rosalía y así poder quedarse con el abuelo?*

Nunca sabré si eso sucedió..., aunque me gustaría poder preguntárselo.

Pero tengo mis sospechas.

Sin embargo, a pesar de que me resulta muy difícil pensar que mi abuela fuera capaz de hacer ese tipo de cosas, me obligo a recordar que eran tiempos revueltos, donde se rompieron las normas de muchas y terribles maneras.

Tal vez la abuela no hizo más que aprovechar la situación.

Ya dicen eso de que en el amor y en la guerra todo está permitido, según me contó Alfonso. Supongo que eso todavía es más cierto cuando ambas cosas aparecen al mismo tiempo.

¿Quién soy yo para juzgarla?

Regreso a mi habitación antes de que papá me ponga a trabajar en alguna cosa: maletas, bicicletas, zapatos, bolsas diversas..., cualquier cosa que haya que recoger e ir cargando en el coche o dejando preparada para su transporte. Como siempre, hemos traído tantos trastos para pasar estas semanas que muchos vuelven sin haber salido ni de la bolsa.

Repaso mis dibujos de estos días y sonrío. Puestos en fila en el suelo, no dejan de contar una pequeña historia sobre cómo me han afectado algunas de las cosas que he vivido aquí.

Hay unos cuantos, el de los zombis saliendo de la colonia textil para apoderarse del pueblo, la increíble escena de los devoradores de cadáveres del río –uno de los mejores según mi opinión– y el retrato imaginario de Rosalía –del cual me he hecho una copia antes de regalárselo a Alfonso.

En cuanto al que he empezado hoy mismo, es un poco diferente, ya que se trata en realidad de mi primer paisaje. Nunca antes había pintado ninguno, si no era para llenar algún hueco en un dibujo lleno de zombis o de seres extraños.

Es sin duda un dibujo especial, ya que trata de reflejar una manera concreta de ver el bosque. Mi enfoque es un poco diferente al acostumbrado en un paisaje de este tipo, ya que no se ve desde el suelo, sino desde lo más alto, desde la copa de los árboles, desde la cúspide de esos pinos estrechos que van creciendo lentamente hasta convertirse en los pilares sobre los que se aguanta todo un universo de seres que viven bajo su cobertura. Desde esa perspectiva aérea, todo es como una alfombra verde que se extiende sin pausa hasta donde alcanza la vista. Salteado de rocas grises aquí y allá –graníticas me dijo Alfonso que eran–, es un mundo casi virgen y nosotros, a pesar de que estemos tan cerca, poco conocemos de lo que pasa allí dentro.

He dejado de lado mis preferencias personales para centrarme en el dibujo y en lo que expresa, para que su fuerza no dependiera de mi mirada y cobrase vida por sí mismo.

Tal vez sea cierto que hay más de una manera de ver la vida, más de una forma de contemplar el mundo y que te guste una no quiere decir que debas dejar de lado las otras. Supongo que si trabajo en varios frentes al mismo tiempo, acabaré aprendiendo más deprisa y seré mejor dibujante.

Papa viene a buscarme para que lo ayude con no sé qué historia de una cama plegable que hay que bajar del trastero. Se queda mirando la exposición de dibujos improvisada que he montado en el suelo de mi habitación. Los mira todos, pero se detiene en el retrato de Rosalía.

–¿Quién es?

–Nadie, una chica que me he inventado.

–Es guapa.

–Ya.

–Tiene vida en los ojos, como si quisiera contar una historia a quien la quiera mirar.

–Tal vez eso sea más cierto de lo que crees.

Me mira con cara de extrañado. Creo que a menudo mi padre no me entiende.

–¿Me ayudas con la cama?

–Sí, claro –le respondo.

Pero no nos movemos de allí ya que ahora está contemplando la lámina con el dibujo del bosque visto desde arriba.

–¿Son los bosques de por aquí?

–Bueno, sí..., tal vez.

–Lo has dibujado como si fueras en helicóptero a vuelo rasante.

–También podría ser como un pájaro, ¿no?

–Sí, claro. Pero es una manera extraña de ver el bosque.

–No para los pájaros ni para los que suben a los árboles.

–Ya –me dice, aunque me mira una vez más con esa expresión de *no entiendo nada de lo que dices.*

Pero sigue contemplándolos todos, con calma, como hacía mucho tiempo que no los miraba. No es que le moleste que dibuje, pero no acaba de sentirse a gusto con los zombis y los cadáveres.

–Este me gusta –insiste con el del bosque.

–Bueno, lo he empezado hoy mismo y todavía no está terminado.

–¿Has hecho esto en una mañana? –me pregunta como sorprendido de que tenga esa capacidad.

–Sí.

–Pues está muy bien.

No es una opinión técnica muy notable, pero me gusta que se dé cuenta de cómo hago las cosas y que las valore.

–¿Vamos a por esa cama? –sigue a lo suyo.

Y se acaba la magia.

Pero ha existido una chispa, pequeña pero clara.

Durante el resto del día cargo cosas absurdas de arriba para abajo y de abajo para arriba. El coche está hasta los topes y acompaño a mamá a despedirnos de los vecinos. Eso incluye casi media calle y varias tiendas cercanas.

Papá se queda cerrando ventanas, haciendo evidente nuestra marcha.

Con mamá, la cosa se alarga, ya que en todas partes oímos la misma canción repetida.

–A ver si venís más a menudo.

–Tus abuelos estarían contentos de verte por aquí –me dicen a mí.

–No tardéis todo un año en volver.

Etc. etc. etc.

Dejamos para el final la farmacia porque así mamá aprovechará para comprar no sé qué crema para algo de la piel.

Nos despedimos de los padres de Carlos y de Sofía. Él está pescando –fumando, pienso yo, pero no digo nada– y ella en la biblioteca.

Me acerco a verla, y también a Alfonso.

Ella me besa en la mejilla, me da un abrazo y me dice que me echará de menos. Ya me lo ha repetido varias veces estos últimos días, pero no me engaño: *me gusta oírselo decir.*

Después de un breve descanso, Alfonso ha vuelto a acudir a la biblioteca, ya que no tenía nada serio, al parecer. De todas maneras, le han aconsejado que no pase tantas horas allí y que repose más. Me da la mano, pero luego tira de mí y acabamos en un abrazo emocionado para ambos.

Me dice que espera que le mande mails.

–Podrías descargarte el WhatsApp y así hablamos –le contesto.

–No abuses de mí, bastante tengo con los mails.

–¿Skype? ¿Zoom?

Sonríe maliciosamente y contraataca.

–¿Postales por Navidad? ¿Telegramas?

Ni siquiera sé lo que son los telegramas.

Cuando salgo por la puerta veo que Sofía me dice adiós con la mano y no puedo evitar sentir cierta emoción, una cierta tristeza por dejar de verla aunque sea temporalmente. Aun a esa distancia, veo brillar sus ojos y pienso en cuánto la echaré de menos yo también.

Le mando un beso con la mano.

Antes de volver a casa me asomo de nuevo al río, como hice el día que llegué. Contemplo la misma basura en los bordes de esa pequeña corriente. Sigo viendo la silueta de la colonia medio abandonada allí a lo lejos, mostrando la decadencia que le llegó cuando menos se lo esperaba. Echo un vistazo al pueblo y realmente creo que sería un buen escenario para la lucha despiadada entre humanos y zombis en un cómic de este tipo.

No descarto hacerlo.

Cuando vuelvo a casa, papá ya está tan nervioso como se pone siempre que vamos a alguna parte. Le entran las prisas, como si alguien muy importante nos esperara en casa. Total, qué más nos da llegar a las seis que a las siete.

Mamá ya lo conoce y trata de no hacerle caso, pero al final también se estresa y acabamos marchándonos como si, de repente, las urgencias hubieran vuelto a nuestra vida.

–Ya no se ve el río –digo en voz alta cuando el coche toma una curva y la corriente desaparece de la vista.

Viladoms ya hace unos minutos que también se ha esfumado.

–¿Cómo? –pregunta mamá.

–Que el río ya no se ve. ¿No es a eso a lo que jugabas cuando regresabas al pueblo los fines de semana?

Ella sonríe, rememorando una época en la que la visión del río le indicaba que volvía a casa.

–Sí, es verdad. Siempre jugábamos a ver quién era el primero que lo veía. Era un pasatiempo algo tonto, ya que todos sabíamos que en una determinada curva, en esa que acabamos de pasar, el río aparecía frente a nosotros. Tu abuelo era siempre el primero en verlo porque conducía, pero nunca lo decía, siempre dejaba que fuera yo la que se adelantara. Cuando ya no pudo conducir, también me dejaba ganar y después, bueno, después ya no jugó más.

El recuerdo de la enfermedad que, poco a poco, fue arrebatándole a su padre le ha ensombrecido los recuerdos felices.

–¿Y al marchar hacíais lo mismo?

Se da la vuelta en el asiento y me sonríe dulcemente.

–No, Dima, al marchar no jugábamos. La partida no era alegre para nadie.

Las despedidas siempre son tristes.

Quizá por eso no hay juegos pensados para ese momento.

Epílogo

El tren tarda casi una hora en recorrer un trayecto que en coche puedes hacer en la mitad. La estación queda bastante lejos de Viladoms, por lo que me alegro por partida doble de encontrarme con Sofía y con una bicicleta extra que me han traído en la furgoneta de su padre.

A pesar de que no hace mucho que la he visto, la realidad es mucho mejor que mis recuerdos. Me encanta tenerla delante otra vez.

–Hola, ¿llevas mucho rato esperando?

–No, mi padre acaba de irse, justo cuando ha visto llegar el tren –me responde ella con esa sonrisa que ya casi había olvidado a pesar de que solo hace tres semanas que no nos vemos.

Pedaleamos más de media hora, aunque la mayoría es bajada y eso ayuda. Sin embargo, todavía es oficialmente verano, así que hace calor y llegamos al camino de tierra bastante sudados los dos.

–Iría bien un bañito ahora, ¿eh? –me dice sonriente.

–Sí, pero creo que no tenemos tiempo. Mejor cuando vuelva el próximo verano.

–Pero vendrás antes, ¿no?

–¡Sí, sí! –le respondo deprisa para salvar el malentendido–. Pero no pienso bañarme en ese río hasta que haga mucho calor. ¡Ja, ja!

Seguimos adelante despacio, saboreando el viaje entre las viñas ahora ya sin la uva, que han recogido para convertirla en vino. Todavía se ve a lo lejos la casa grande de la que dependen estos campos cuando dejamos la bici atada a un árbol y cogemos un pequeño sendero que se adentra en el bosque. Unos pocos metros más adelante, una suave bajada nos lleva a nuestro destino.

–Ya están ahí –me dice Sofía en voz baja.

Habla así para no molestar a las dos figuras que se mantienen en pie al lado de la tumba donde todo empezó.

Una en cada lado, todavía separadas por el dolor y el remordimiento, que disminuye, pero no desaparece.

Una de esas figuras es Alfonso, que va vestido con ropa formal, aunque no con traje ni nada por el estilo. Levanta la cabeza un instante y nos mira con sorpresa. Una leve sonrisa nos dice todo lo que tenemos que saber.

Está contento de vernos allí.

Agradecido.

La otra figura no nos conoce, así que nos echa un vistazo rápido y vuelve a bajar la cabeza. Tal vez esté rezando o simplemente guardando silencio ante la tumba en la que enterraron a su padre y a su hermano mayor después de que los fusilaran allí mismo.

Ambos permanecen así unos cuantos minutos, sin mirarse y sin dirigirse la palabra.

En el bosque, los grillos siguen con sus emisiones continuas, aunque se nota que ya hay menos. Dentro de unos días, llegará el otoño y desaparecerán..., pero solo hasta que llegue de nuevo el verano. La vida entera en el bosque se ralentizará poco a poco hasta casi desaparecer durante el crudo invierno.

Pero renacerá cuando tenga que hacerlo, siempre sucede así.

Sofía me coge de la mano y yo se la apretó con cariño. Ambos estamos emocionados y felices por haber podido asistir a una ceremonia que significa una nueva oportunidad para buenas personas que sufrieron y vieron sus vidas truncadas por esa locura colectiva que llamamos «guerra».

Es la ceremonia de la renovación del perdón, un instante que marca cada año el momento en que se cerró la puerta del odio y se abrió paso a la esperanza.

Pasado un largo rato, la mujer, mayor ya, pero mucho más joven que Alfonso, se agacha y deposita un ramo de flores en la tumba de cemento. Mira un momento a Alfonso, que permanece quieto en el mismo lugar desde que llegamos y hace una breve inclinación de cabeza.

Es un gesto de reconocimiento.

De aceptación y de perdón.

Un año más.

Cuando ella ya se ha ido, Alfonso levanta la vista hasta el pequeño promontorio de tierra en el que Sofía y yo nos hemos detenido y nos saluda con la mano mientras sonríe con gratitud.

Después se da la vuelta y comienza a caminar, lentamente y con dificultad, de regreso a su pueblo, a su vida y a sus recuerdos.

–¿Lo acompañamos? –me dice Sofía al verlo andar tan trabajosamente.

–No. No hace falta –le respondo–. Él conoce este bosque mejor que nosotros. Además, este camino debe hacerlo solo.

–¿Por qué?

–Para poder perdonarse también a sí mismo una vez más.

Un suave viento recorre las copas de los árboles, meciéndolos y anunciando que el verano finaliza.

A ras de suelo una figura camina despacio de regreso a su casa. Un perro muy pequeño pero de grandes orejas la sigue por el bosque.

Ella ha permanecido escondida mientras se llevaba a cabo la ceremonia.

Hace años que asiste en secreto.

Y hace muy poco tiempo que también ha obtenido su propio perdón.

Desde lo alto se la ve ya muy mayor, cargada con el peso de una vida de profunda soledad.

La siguen, la acompañan hasta la casa baja con un huerto en la parte delantera. Huele a tomates, a romero, a menta, a salvia...

Ella siente que están ahí, pero no levanta la vista, porque sabe que no va a verlos. Tampoco lo necesita, tiene suficiente con saber que se encuentran de nuevo con ella.

Ahora que ella también ha sido perdonada, ya no le tienen miedo.

Leonor entra en la casa y se dirige a la cocina. Allí abre una pequeña puerta que da paso a una despensa con algunas conservas, aceite, unos tomates colgados y un par de bolsas de lona con patatas. Detrás de uno de los estantes hay una caja de madera muy grande, casi un baúl. Lo arrastra despacio hacia fuera, con mucho esfuerzo, tomándose su tiempo, pues no le quedan muchas fuerzas ya.

Pero antes de que todo termine, debe acabar de cerrar un círculo que todavía está abierto.

Debe devolver al bosque lo que es del bosque.

En unos pocos viajes ha sacado todo el contenido y lo ha dejado en el huerto. Una por una, coge las cajas de galletas antiguas y se asegura de que contienen lo que deben.

Unos trapos, un papel marrón encerado y una carta en cada una.

Una carta de amor para un soldado que está en la guerra.

Las hay de varios colores, rojas, violetas, verdes..., más de diez, y todas con escenas marinas dibujadas a mano en la tapa. Se entretiene un poco más con una de ellas, la que encontró en aquella fuente gracias a que seguía a Rosalía a todas partes y la vio esconderla allí. Le tiene un aprecio especial, ya que fue el primer eslabón que rompió aquella cadena que ahogaba a su hermano. Igual que las demás, se ha conservado en buen estado porque no estuvieron mucho tiempo enterradas en el bosque.

Ahora es allí adonde deben volver.

Con cuidado, las introduce en dos sacos viejos para repartir el peso, pues a su edad cualquier cosa representa un gran esfuerzo. Lentamente, con una pequeña azada colgando en su hombro, la anciana se interna en el bosque arrastrando tras de sí los sacos con las cajas de colores.

Conforme avanza, va dejando una huella en la tierra rojiza.

Dos surcos paralelos que se pierden bajo los primeros árboles.

En cuanto desaparece en el bosque, un remolino de algo parecido a un viento suave recorre la pequeña explanada, levantando una nube de polvo. Es un viento extraño que surge de la nada y que no sopla más allá de ese terreno.

La polvareda se levanta unos metros e impide ver lo que sucede en el interior, aunque esa agitación solo dura unos segundos, cinco, tal vez diez.

De repente, el viento desaparece como si nunca hubiera existido y el polvo se asienta poco a poco. En el suelo, apenas visibles, se adivinan todavía los surcos paralelos que ha dejado Leonor al arrastrar esos sacos con la historia de su vida y de muchas otras.

Sin embargo, no es difícil observar que ahora los cruza un semicírculo que el viento ha dejado impreso en el suelo.

Índice

Víctor Panicello

Víctor Panicello es un escritor consolidado en el ámbito de la narrativa juvenil con más de veinticinco novelas publicadas y diversos premios nacionales e internacionales. Desde hace más de dos décadas combina las historias realistas con importantes incursiones en el mundo de la fantasía y la ficción, destacando en ambos casos por su capacidad de construir potentes entramados narrativos que sostienen una acción trepidante y un trasfondo que siempre invita a la reflexión. Ha publicado en esta misma colección otros títulos como *Laberinto* (2015) y *Synchronicity* (2019).

Bambú Exit

Ana y la Sibila
Antonio Sánchez-Escalonilla

El libro azul
Lluís Prats

La canción de Shao Li
Marisol Ortiz de Zárate

La tuneladora
Fernando Lalana

El asunto Galindo
Fernando Lalana

El último muerto
Fernando Lalana

Amsterdam Solitaire
Fernando Lalana

Tigre, tigre
Lynne Reid Banks

Un día de trigo
Anna Cabeza

Cantan los gallos
Marisol Ortiz de Zárate

Ciudad de huérfanos
Avi

13 perros
Fernando Lalana

Nunca más
Fernando Lalana
José M.ª Almárcegui

No es invisible
Marcus Sedgwick

Las aventuras de George Macallan. Una bala perdida
Fernando Lalana

Big Game (Caza mayor)
Dan Smith

Las aventuras de George Macallan. Kansas City
Fernando Lalana

La artillería de Mr. Smith
Damián Montes

El matarife
Fernando Lalana

El hermano del tiempo
Miguel Sandín

El árbol de las mentiras
Frances Hardinge

Escartín en Lima
Fernando Lalana

Chatarra
Pádraig Kenny

La canción del cuco
Frances Hardinge

Atrapado en mi burbuja
Stewart Foster

El silencio de la rana
Miguel Sandín

13 perros y medio
Fernando Lalana

La guerra de los botones
Avi

Synchronicity
Víctor Panicello

La luz de las profundidades
Frances Hardinge

Los del medio
Kirsty Appelbaum

La última grulla de papel
Kerry Drewery

Lo que el río lleva
Víctor Panicello